祓《はら》へ給《たま》へ
清《きよ》め給《たま》へ
守《まも》り給《たま》へ
幸《さきは》へ給《たま》へ

もくじ

御製《ぎょせい》……天皇のつくられた詩文、和歌。
御歌《みうた》……皇后、皇太后、皇太子などの詠まれた和歌。

明治神宮

365日の大御心《おおみごころ》

明治神宮

●御祭神
明治天皇（第122代の天皇）
昭憲皇太后（明治天皇の皇后）

●創建
大正9年11月1日
（皇紀2580年　西暦1920年）

明治45年に明治天皇、
大正3年に昭憲皇太后がおかくれになりました。
これを伝え聞いた国民の間から、ご神霊をおまつりして、
永遠にご遺徳を敬い、お慕いしたいとの熱い願いが湧き上がり、
その真心が実って、明治神宮のご創建となりました。
面積約70万平方メートルの境内は、そのほとんどが
全国から寄贈されたおよそ10万本の樹木を植栽した人工の森です。
神が鎮まる「永遠の杜《もり》」づくりを目指し、
各道府県の青年団に勤労奉仕を呼びかけると、
延べ11万人が集まって植林や参道づくりに汗を流しました。
100年近くの歳月が経ち、大きく、豊かに育った杜は、
安らぎに充《み》たされた癒しの場所として、
たくさんの人々に親しまれています。

明治天皇《めいじてんのう》

嘉永《かえい》5年（西暦1852年）、孝明《こうめい》天皇の第2皇子として京都にご降誕《こうたん》になり、御年16歳（数え年）でご即位されました。

たいへん学問を好まれ、ご一生を通じてご熱心に講学にはげまれました。そのご聖徳《せいとく》により、明治維新の大業を成し遂げられます。

天皇さまは立派なご体格で、剛毅果断《ごうきかだん》であらせられた半面、ご仁徳高く、博愛の心に富ませられ、また、ユーモアを解《かい》せられたお方であったそうです。

和歌をたいそうお好みになり、ご一代にお詠みになった御製《ぎょせい》の数は、9万3千余首にもおよんでおります。人倫、典教、器物、気象、植物などの幅広い項目を取り上げられ、いずれも格調高く、時を超えて深く心にしみ入ります。

明治45年7月30日、御年《おんとし》61歳で崩御せられ、京都の伏見桃山御陵《ふしみももやまごりょう》にお鎮まりになりました。

大正9年には明治神宮にまつられ、永遠に国家国民の繁栄と世界の平和の守り神として尊崇《そんそう》せられております。

昭憲皇太后《しょうけんこうたいごう》

嘉永3年（西暦1850年）、左大臣一条忠香《いちじょうただか》公の第3女として京都にご誕生になり、明治元年12月28日、皇后となられました。

ご幼少の頃より、ご聡明で尊く、麗《うるわ》しい婦徳《ふとく》のかがみと仰がれておりました。熱心にご修学につとめられ、ご成婚後はさらに講学にはげまれました。

かずかずの尊いお仕事を残され、日本赤十字社への支援など社会福祉関係の事業や、華族女学校（現学習院女子中等科・高等科）、お茶の水の東京女子師範学校（現お茶の水女子大学）の設立に大きく寄与されるなど、わが国の女子教育に大変な力を注がれました。

また、和歌の道には特に秀でておられ、ご一生にお詠みになられた御歌《みうた》は約３万首もあり、いずれも品格の高い素晴らしいものであります。

大正３年４月11日、天皇さまのみあとを追われるように崩御せられ、京都の伏見桃山東陵に埋葬せられました。

大正９年に明治神宮にまつられ、人々は恵みを賜っております。

まえがき

本書は、明治天皇が崩御せられて100年の節目に刊行された『新版 明治の聖代』の新装版になります。明治天皇の御製《ぎょせい》は9万3千余首、昭憲皇太后の御歌《みうた》は約3万首と、膨大な和歌を残されました。その中から、今の御代《みよ》に生きる私たちの心の糧《かて》となるものを精査して選び、1年365日（正確には閏日《うるうび》が挿入されて366日）に分けて口語訳を添えたものが、『新版 明治の聖代』です。

書店で入手できない『新版 明治の聖代』を、広くたくさんの方々に知っていただきたいという思いから、新装版を発売することになりました。

毎日1首、御製と御歌を心に刻み、清明で謙虚な日常を過ごすことができるよう、新装

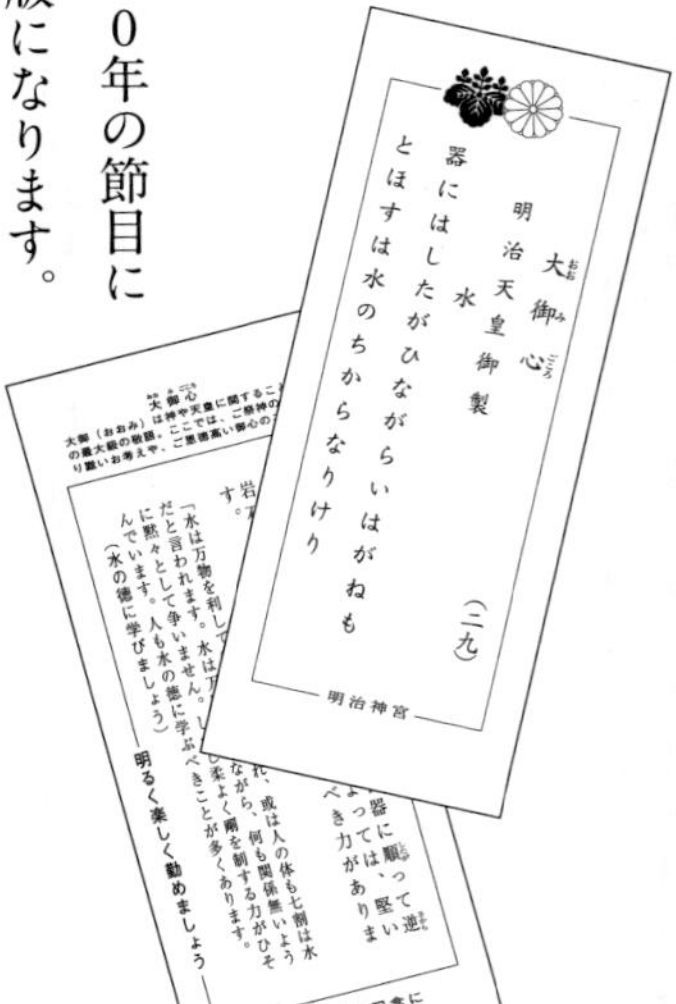

を施した本書をみなさまにお届けできることを大変うれしく思っております。

さて、本書のタイトルにもある「大御心《おおみごころ》」は、明治神宮のおみくじの名称でもあります。戦後、明治神宮でもおみくじを出すことになったのですが、一般神社で出している吉凶のおみくじではなく、明治神宮にふさわしい独特のおみくじはないかと考え、御祭神にもっともゆかりの深い御製と御歌でおみくじを出すことにいたしました。

そうして30首選び、解説文を入れて昭和22年の正月から「大御心」と題して授与するようになりました。当時は藁半紙《わらばんし》にガリ版刷りをしたもので、1円で授与しておりました。今のようなおみくじになったのは、昭和48年の正月からです。

このようにいつの時代も、御製と御歌は、私たちの心の拠《よ》りどころです。

ぜひ、この新装版を身近に置いて1日1首をたしなみ、今日という日を精一杯生き抜いてください。

1月

睦月

January

1月
1日

明治天皇　御製

新年祝

あしはらの国のさかえを祈るかな
神代《かみよ》ながらの年をむかへて

◉口語訳 ―― 古くから「葦原《あしはら》の中《なか》つ国」と称《たた》えた、この日本の国の永遠の栄えを神に祈ることだ。神代のままに変わることのない新年を迎えて。

〈明治37年〉

1月
2日

昭憲皇太后　御歌

迎年言志
はつ国をしらしし御代《みよ》のすがたにも
たちかへりゆく年のゆたけさ

◉口語訳――初めてこの国をお治めあそばした天皇の御代《みよ》の、すがすがしい姿に立ち返る思いがして、心豊かな新年です。

〈明治7年　歌御会始御歌〉

1月
3日

明治天皇 御製

神祇

ちはやふる神のまもりによりてこそ
わが葦原《あしはら》のくにはやすけれ

◉口語訳 ―― すばらしい神々のご加護があればこそ、わが日本の国は、安泰を保っていられるのである。

〈明治35年〉

1月
4日

昭憲皇太后　御歌

新年梅
おほきみの千代田《ちよだ》のみやの梅の花
ゐみほころびぬ年のはじめに

◉口語訳 ―― 皇居の梅の花のつぼみが、新しい年の初めに、にこやかにほころび始めました。何とめでたく、うれしいことでしょう。

〈明治35年　歌御会始御歌〉

1月
5日

明治天皇　御製

神祇

神風《かみかぜ》の伊勢の宮居《みやゐ》のことをまづ
今年もものの始《はじめ》にぞきく

◉口語訳 —— 今年も正月四日の政始《まつりごとはじめ》には、まず第一に伊勢の神宮に関する奏上を聞くのである。

〈明治37年〉

1月
6日

昭憲皇太后　御歌

新年川

しづかなる世の年波《としなみ》はかみかぜの
五十鈴川《いすずがは》よりたちかへるらむ

◉口語訳――戦争が終わって四海波静かな新しい年は、伊勢の国の五十鈴川のほとりに鎮まります神宮の御神徳によって、再び迎えられることでしょう。

〈明治39年　歌御会始御歌〉

1月
7日

明治天皇 御製

国

人もわれも道を守りてかはらずば
この敷島《しきしま》の国はうごかじ

◉口語訳 ―― 国民も私も、日本古来の道を守って変わることがなければ、この大和の国は決して揺らぐことはなく、栄えていくことだ。〈明治11年以前〉

1月
8日

昭憲皇太后　御歌

誠

君がためまことをつくすまめびとは
神もうれしとたすけますらむ

◉口語訳 ― 天皇のために忠誠をつくす実直な人は、神も喜ばしいとお思いになって、お力を貸してくださることでしょう。

〈明治41年〉

1月
9日

明治天皇　御製

神祇

やすらむ世をこそいのれ天《あま》つ神
くにつ社《やしろ》に幣《ぬさ》をたむけて

◉口語訳 —— 平和な世の中をこそ、わが心をつくして祈ることだ。天《あま》つ神、国《くに》つ神を祀《まつ》る社《やしろ》やしろに、お供えものを献《ささ》げて。

〈明治35年〉

1月
10日

昭憲皇太后　御歌

水鳥

山川《やまがは》のうすき氷をふむ鴨の
こころを常《つね》のこころともがな

◉口語訳――谷川に張った薄氷に下り立つ野鴨《のがも》は、いつ氷が破れるか常に用心しています。人々も平素このように、処世の上で万事気を配っているように心がけたいものです。

〈明治12年以前〉

1月
11日

明治天皇　御製

国

かみつ代のみよのおきてにもとづきて
をさめきにけりあしはらのくに

◉口語訳 ── 遠い昔の神のお定めに基づいて、この豊葦原《とよあしはら》の瑞穂《みずほ》の国日本を、私は治めてきたのである。

〈明治40年〉

1月
12日

昭憲皇太后　御歌

寄鏡祝

まさかきにかけしかがみのくもりなき
世をこそいのれ賢所《かしこどころ》に

◉口語訳 ―― 真榊《まさかき》にかけた鏡に一点の曇りもないように、清らかで平和な世の中を、宮中の賢所でお祈りするのです。

〈明治31年〉

1月
13日

明治天皇　御製

社頭祈世

ちはやふる神ぞ知るらむ民のため
世をやすかれと祈る心は

◉口語訳 ―― 御心聡《おこころさと》い神は、きっと知っていてくださることであろう。国民のため、安らかな世の中であるようにと、祈っているこの心は……。

〈明治24年〉

1月
14日

昭憲皇太后　御歌

新年雪
日の本の国のはてまでつもるらむ
ゆたかなる代の年のはつ雪

◉口語訳――日本の国の果てまでも、この新年の雪は積もっていることでしょう。豊かな御代を祝福する象徴のような初雪が。

〈明治42年〉

1月
15日

明治天皇　御製

新年

新しき年のうたげにうれしくも
かはらぬ人のつどひけるかな

◉口語訳 ―― 新年を祝福するこの宴《うたげ》に、今年もまた変わることなくにぎにぎしく人々が集まったことは、うれしいことだなあ。
〈明治39年〉

1月16日

昭憲皇太后 御歌

公義

国民《くにたみ》をすくはむ道も近きより
おし及ぼさむ遠きさかひに

＊弗蘭克林《フランクリン》の十二徳をよませたまへる

◉口語訳 ―― 国民を救う道も、まず近い所から始めてだんだんと遠い所の民にまで、細やかにおよぼしていきたいものです。

〈明治12年以前〉

1月
17日

明治天皇 御製

日

さしのぼる朝日のごとくさはやかに
もたまほしきはこころなりけり

◉口語訳 ―― 空高く昇ってゆく朝日のように、いつもすがすがしく明るくさわやかな心をもちたいものである。

〈明治42年〉

1月
18日

昭憲皇太后　御歌

子路

ひとすぢにすすむ心のにしきには
誰《た》がかはぎぬも及ばざるらむ

◉口語訳 ── 信念にしたがって一筋に進む心の錦のような美しさには、ほかの人のどんな贅沢な皮衣《かわごろも》もおよばないことでしょう。

〈明治12年以前〉

1月
19日

明治天皇　御製

述懐
暁《あかつき》のねざめしづかに思ふかな
わがまつりごといかがあらむと

◉口語訳 ―― 夜明け方に眠りから覚めて、ひとり静かにかえりみて思うことだ。私の執《と》る国の政治は、果たしてこれでよいのだろうか、どうだろうかと……。

〈明治35年〉

1月
20日

昭憲皇太后 御歌

社頭松

さかえゆくいがきの松にみゆるかな
皇国《みくに》をまもる神のこころも

◉口語訳――みどり深く栄えゆく神苑の常磐《ときわ》の松の姿に、まざまざと現れていることです。国を守護してくださる日本の神々の深い御心《みこころ》は。

〈明治41年 歌御会始御歌〉

1月
21日

明治天皇　御製

をりにふれたる
梓弓《あづさゆみ》やしまのほかも波風の
しづかなる世をわれいのるかな

◉口語訳――昔から大八島《おおやしま》といわれる日本だけでなく、ほかの国々までも広く、波風が立たずに静かで平和な世であることを祈るのだ。〈明治35年〉

1月
22日

昭憲皇太后　御歌

清潔

しろたへの衣《ころも》のちりは払へども
うきは心のくもりなりけり

＊弗蘭克林《フランクリン》の十二徳をよませたまへる

◉口語訳 ── 着ている衣の塵は払うことができても、内なる心の曇りは容易に払えないのが、心憂く思われます。

〈明治12年以前〉

1月
23日

明治天皇 御製

水

器《うつは》にはしたがひながらいはがねもとほすは水のちからなりけり

◉口語訳 ―― 水というものは、器に入れれば静かにそれにしたがっている半面、岩をも貫くという激しい力をもっている。人生もその水のようでありたい。

〈明治36年〉

1月 24日

昭憲皇太后 御歌

勤労

みがかずば玉の光はいでざらむ
人のこころもかくこそあるらし

＊弗蘭克林《フランクリン》の十二徳をよませたまへる

◉口語訳――宝石も磨かなければ、光を放ちません。それと同様に、人の心も研鑽《けんさん》を積まなければ、すぐれた徳をもつことはできません。

〈明治12年以前〉

1月
25日

明治天皇 御製

心
しのびてもあるべき時にともすれば
あやまつものは心なりけり

◉口語訳 ―― 人の心は、耐え忍んでいなければならない時に、つい辛抱しきれないで軽はずみをして、取返しのつかない失敗をするものである。

〈明治38年〉

1月
26日

昭憲皇太后　御歌

沈黙

すぎたるは及ばざりけりかりそめの
言葉もあだにちらさざらなむ

＊弗蘭克林《フランクリン》の十二徳をよませたまへる

◉口語訳――「すぎたるは及ばざるがごとし」といいます。ふと軽い気持ちで漏らす不用意な言葉も、むやみに使わないようにしたいものです。

〈明治12年以前〉

1月
27日

明治天皇 御製

旗

くもりなき朝日のはたにあまてらす
神のみいつをあふげ国民《くにたみ》

◉口語訳 ―― 曇りのない朝日を表す日の丸の旗に、国民には、太陽を象徴する天照大神《あまてらすおおみかみ》の御威光を仰ぎ見てほしいと思う。

〈明治38年〉

1月
28日

昭憲皇太后　御歌

謙遜

高《たか》山《やま》のかげをうつしてゆく水の
低きにつくを心ともがな

＊弗蘭《フラン》克林《クリン》の十二徳をよませたまへる

◉口語訳 ―― 高山の姿を影に映して流れる水が自ずと低い方へ向かうように、人間も心は高く、そして行ないは謙虚にありたいものです。

〈明治12年以前〉

1月
29日

明治天皇 御製

述懐

国のため民のためにとおもふこと
夢のうちにもえこそ忘れね

◉口語訳 ―― 国の繁栄のために、国民の幸福のために、心をつくすわが願いは、夢の中でさえもどうしても忘れることができない。〈明治36年〉

1月
30日

昭憲皇太后 御歌

をりにふれて

あやにしきとりかさねてもおもふかな
寒さおほはむ袖《そで》もなき身を

◉口語訳 —— 美しい着物を重ねて身にまとうたびに、私は心に深く思います。寒さを防ぐものも乏しく、この冬を過ごす人の境遇を。

〈明治12年以前〉

1月
31日

明治天皇　御製

をりにふれたる
はれわたる空をぞあふぐむらぎもの
こころのちりをはらひきよめて

◉口語訳 ―― 晴れ渡った空を見上げると、さわやかな気持ちになる。心の中のさまざまなわだかまりを祓《はら》い清めて。

〈明治45年〉

2月

如月

February

2月
1日

明治天皇 御製

川

国民《くにたみ》もつねにこころをあらはなむ
みもすそ川の清き流《ながれ》に

◉口語訳 ―― 国民も常に心を洗い清めてほしいものだ。神の宮居のそばを流れる、みもすそ川（伊勢の国の五十鈴川《いすずがわ》の別称）の清らかな流れに身をそそいで。

〈明治42年〉

2月
2日

昭憲皇太后 御歌

節分

おにやらふ声いへごとにきこえにし
昔のけふをおもひいでつつ

◉口語訳 ——「鬼は外……」と、節分に豆をまく声が家ごとに聞こえてきた、幼き頃のこの日が、今懐かしく思い出されます。

〈明治34年〉

2月
3日

明治天皇　御製

四海兄弟
よもの海みなはらからと思ふ世に
など波風のたちさわぐらむ

◉口語訳 ―― 世界中の人類はみな兄弟だと思っているこの世に、どうして、いつまでも争いの波風が立ち騒ぐのであろうか。
〈明治37年〉

2月
4日

昭憲皇太后　御歌

社頭水

ちはやふる神のこころもうつるべく
さやかにすめるみたらしの水

◉口語訳――神の御心もそのまま映るにちがいないと思われるほど、清らかに澄んでいる、みたらし川の水鏡《みずかがみ》です。

〈明治39年〉

2月
5日

明治天皇　御製

立春

けさよりは春たつけふの天《あま》つ風
よもの梢《こずゑ》に吹くものどけき

◉口語訳 ―― 今朝から立春を迎えたこの朝、空を吹く風。あたりの木々の梢に吹き渡る風も、心なしか、のどかに感じられる。

〈明治11年以前〉

2月
6日

昭憲皇太后　御歌

披書知昔

伝《つた》へこしふみありてこそしられけれ
とほつみおやの神のみいつも

◉口語訳――今日まで伝え残してきた書物があるからこそ、遠いご先祖の神（皇祖）の御徳というものも知ることができるのです。

〈明治32年〉

2月
7日

明治天皇　御製

冬夜

夜《よ》をさむみねざめの床《とこ》におもふかな
雪にうもれし里はいかにと

◉口語訳――あまりの夜の寒さに眠りから覚めて、床の中であれこれと思案することだ。深い雪に埋もれている里は、どんなに寒いことだろうと。

〈明治35年〉

2月
8日

昭憲皇太后　御歌

炉辺述懐
さむき夜《よ》にかさねむ袖《そで》もなき人の
身をこそおもへうづみびのもと

◉口語訳――寒い夜に重ねて着る着物をもたない貧しい人々の身の境遇が、あれこれと思いやられることです。ほのかな埋《うず》み火《び》のそばにいて。

〈明治14年〉

2月
9日

明治天皇　御製

教

ちはやふる神のをしへをうけつぎし
人のこころぞただしかりける

◉口語訳――神代《かみよ》から連綿として受け継がれた御祖《みおや》の教えを、守り伝えてきた精神こそが、日本人としての正しい道なのである。
〈明治38年〉

2月
10日

昭憲皇太后　御歌

確志

人ごころかからましかば白玉《しらたま》の
またまは火にもやかれざりけり

＊弗蘭克林《フランクリン》の十二徳をよませたまへる

◉口語訳 ── 人の心も、こんなふうに堅固なものであったらよいのに。白い珠玉は、たとえ火中に投げ入れられても、傷ひとつつかないで、その信条を貫くのですもの。
〈明治12年以前〉

2月
11日

明治天皇　御製

祝

橿原《かしはら》の宮のおきてにもとづきて
わが日本《ひのもと》の国をたもたむ

◉口語訳　――　橿原の宮で即位された神武天皇の建国の定めを拠り所として、わが日本の国柄《くにがら》を守っていきたいと願っている。

〈明治37年〉

昭憲皇太后　御歌

誠実

とりどりにつくるかざしの花もあれど
にほふこころのうるはしきかな

＊弗蘭克林《フランクリン》の十二徳をよませたまへる

◉口語訳――神事に仕えるしるしとして、いろいろな植物や花が頭の挿頭《かざし》になるけれど、何より匂い出る心のほどの清らかさこそうるわしく、神の心にかなうものです。

〈明治12年以前〉

明治天皇　御製

炉辺述懐
埋火《うづみび》をかきおこしつつつくづくと
世のありさまを思ふ夜《よ》はかな

◉口語訳――埋み火をかき起こし、かき起こしてつくづくと、この世の中のこと、日本のことを思いわずらう夜半である。

〈明治14年〉

2月
14日

昭憲皇太后　御歌

読書

今昔《いまむかし》てらしあはせてともしびの
もとに書《ふみ》見る夜《よ》はぞたのしき

◉口語訳――書物に書かれている昔のことと、今の世の中のことを照らし合わせながら、燈《ともしび》の下でひたすら読書にふける夜こそ楽しいものです。

〈明治38年〉

2月
15日

明治天皇 御製

述懐
なかばにてやすらふことのなくもがな
まなびの道のわけがたしとて

◉口語訳 —— 途中でためらったり、休んだりすることがないようにありたいものだなあ。どんなに学問の道が険しく、たどり続けるのが苦しいからといって。

〈明治40年〉

2月16日

昭憲皇太后　御歌

心

月に日にひらけゆく世の人ごころ
向《むか》はむかたをまづさだめてよ

◉口語訳――月ごとに、日ごとに新しく開けてゆくこの世の中の人の心は、あわただしいことでしょう。大切なことは、時流に流されることなく、まず確かな方向を見定めることです。〈明治22年〉

2月
17日

明治天皇 御製

をりにふれたる
天地《あめつち》の神にぞいのる民のため
雨風《あめかぜ》ときにしたがひぬべく

◉口語訳 ―― この広い天地の神々にお祈りする。国民のために、今年も季節にしたがって雨や風が順調にやってきて、五穀も豊かに稔《みの》り、世の中に災禍《さいか》もないようにと……。
〈明治38年〉

2月
18日

昭憲皇太后　御歌

誠

鬼神《おにがみ》もなきぬべきかな君がため
身ををしまざる人のまことに

◉口語訳――心すさんだ鬼神すら、きっと感動して泣き出すにちがいないでしょう。陛下のために自分の身すら惜しまずにつくす、人の真心ゆえに。

〈明治41年〉

2月
19日

明治天皇 御製

河水久澄

昔よりながれたえせぬ五十鈴川《いすずがは》
なほ万代《よろづよ》もすまむとぞ思ふ

◉口語訳 —— 昔より流れの絶えることのない五十鈴川。これから後も永久に流れ続け、澄みとおっていてほしいと思う。

〈明治15年 歌御会始御製〉

2月
20日

昭憲皇太后　御歌

沼津にて
みそのふは雪さむけれどすくよかに
君ましますと聞くぞうれしき

◉口語訳――御園には雪が降り積もって寒いけれど、陛下はお元気でいらっしゃると聞いて大変うれしく思います。
〈明治43年〉

2月
21日

明治天皇 御製

心

つくろはむことまだしらぬうなゐごの
をさな心のうせずもあらなむ

◉口語訳 —— 自分をまだつくろうということを知らない幼児の、虚飾のない心は、いつまでも失わないでもっていたいものである。

〈明治39年〉

2月
22日

昭憲皇太后 御歌

筆

たらちねのおやのいまさばいまもなほ
いさめらるべき筆のあとかな

◉口語訳 ―― ありがたい父母が、今もなおこの世に生きていらっしゃるとしたら、きっといさめをお受けするはずの、私の筆跡です。

〈明治33年〉

2月
23日

明治天皇　御製

庭訓

たらちねのにはの教はせばけれど
ひろき世にたつもとゐとぞなる

◉口語訳 ―― 家庭における親の教えというものには限りがあるが、広く世に出て社会生活を送る上での基本となる大切なものである。

〈明治40年〉

2月
24日

昭憲皇太后　御歌

礼

人として学ばざらめや鳥すらも
枝ゆづるてふ道はあるものを

◉口語訳 ― 人として礼節の道を学ばなくてよい、ということは決してありません。「鳩に三枝の礼あり」と、鳥ですら目上の者に枝を譲るというのですから。

〈明治12年以前〉

2月
25日

明治天皇　御製

述懐

世の中をおもふたびにもおもふかな
わがあやまちのありやいかにと

◉口語訳――世の中のことを考えるにつけて、そのたびごとにいつも思うことだ。私の考え方が間違っていたりはしないだろうか、どうであろうかと……。

〈明治40年〉

2月
26日

昭憲皇太后　御歌

夫婦有別
むつまじき中洲《なかす》にあそぶみさごすら
おのづからなる道はありけり

◉口語訳 ―― 川の中洲におりて仲睦まじく遊んでいる、鳥のみさごですら、自ずと夫婦の間の道というものがあって、互いの領分を守り、節度をわきまえるといいます。

〈明治12年以前〉

2月 27日

明治天皇　御製

社頭祈世

民のため世をやすかれと神がきに
ゆふしでかけていのるなりけり

◉口語訳 ―― 国民のために、世の中が平和でありますようにと、神の御垣に木綿紙垂《ゆうしで》をかけて、御神前にお祈りをするのである。
〈明治24年〉

2月
28日

昭憲皇太后 御歌

読書言志

夜《よる》ひかる玉も何せむみをみがく
書《ふみ》こそ人のたからなりけれ

◉口語訳 ―― 夜光る宝石が大変貴重だといっても、何ほどの意味がありましょう。それより自分自身の心をみがく書物こそ、人間にとっての本当の宝といえましょう。

〈明治12年以前〉

2月
29日

明治天皇　御製

塵

つもりては払ふ方なくなりぬべし
塵《ちり》ばかりなることとおもへど

◉口語訳——塵のようにささいなことだと思っても、放っておくと積もり積もって、どうすることもできなくなってしまうに違いない。事は小さいうちに処理するに限る。

〈明治37年〉

3月

弥生

March

3月
1日

明治天皇　御製

をりにふれたる
たらちねの親のをしへは誰もみな
世にあるかぎり忘れざらなむ

◉口語訳 ―― 親が教えさとしてくれたことは、誰であろうとすべての人がこの世にある限り、忘れないようにしたいものだ。

〈明治44年〉

3月
2日

昭憲皇太后 御歌

親

たらちねの親のいさめし言《こと》の葉は
いまなほ耳にのこりけるかな

◉口語訳 ―― 親が教えさとしてくれた言葉は、今もってなお忘れないで耳に残っています。〈明治21年〉

3月
3日

明治天皇　御製

水石契久
さざれ石の巌《いはほ》とならむ末《するゑ》までも
五十鈴の川の水はにごらじ

◉口語訳 ――（国歌「君が代」の歌詞と同じように）細石《さざれいし》が巨大な岩石となる末の世の末まで、五十鈴川の水もいつまでも濁らず清らかでいてほしい。

〈明治22年　歌御会始御製〉

3月4日

昭憲皇太后　御歌

往事如夢
おのづから時計のはりのすすむまに
今のうつつも夢とこそなれ

◉口語訳――時計の針が自然に進んでいく間に、いつの間にかこの現実もまた、夢まぼろしとなってしまうのですね。
〈明治34年〉

3月
5日

明治天皇　御製

春日

こと繁き世のまつりごと聴《き》くほどに
春の日《ひ》影《かげ》も傾きにけり

◉口語訳 ―― 繁忙な国の政務をきいているうちに、長い春の日もはや日暮れになってしまった。

〈明治37年〉

3月
6日

昭憲皇太后　御歌

春日

春の日の長くなるこそうれしけれ
書《ふみ》をみるにも花をみるにも

◉口語訳 ―― 春になって日が長くなることは、本当にうれしい。本を読むにも、花を見るにも時間がたっぷりあって、楽しくなります。

〈明治31年〉

3月
7日

明治天皇　御製

柱

かりそめのことにこころをうごかすな
家の柱とたてらるる身は

◉口語訳 ―― ちょっとしたことにいらだって、心を動かすことはしないでおくべきだ。家の柱として、広く深い信頼を受ける者は。

〈明治45年〉

3月 8日

昭憲皇太后 御歌

玉

みがかれてひかりいでたる玉みれば
人のこころにひとしかりけり

◉口語訳 —— 磨かれて光を発する玉を見ると、人の心も同じように、研《みが》かれて美しくなるのだということに思いいたります。

〈明治21年〉

3月
9日

明治天皇　御製

光陰如矢

思ふことつらぬかむ世はいつならむ
射る矢のごとくすぐる月日に

◉口語訳 ── 自分がこうしようと思ったことを成し遂げる日は、一体いつのことなのだろうか。月日は射る矢のように過ぎて行ってしまうのに……。

〈明治37年〉

3月
10日

昭憲皇太后　御歌

述懐

ぬばたまの夢のうちにもさまざまに
思ふおもひのある世なりけり

◉口語訳――ぬばたまの夜に見る夢の中ですら、ああ思い、こう思ってさまざまに心をつくすほど、思いわずらわねばならぬことの多い現実の世の中ですね。

〈明治33年〉

3月
11日

明治天皇 御製

心

しきしまの大和心《やまとごころ》のをゝしさは
ことある時ぞあらはれにける

◉口語訳 ―― わが日本の大和心の雄々しさは、何か非常のことが起きたその時にこそ、自ずから発揮されるのだ。

〈明治37年〉

3月12日

昭憲皇太后 御歌

順序

おくふかき道もきはめむものごとの
本末《もとすゑ》をだにたがへざりせば

＊弗蘭克林《フランクリン》の十二徳をよませたまへる

◉口語訳 ―― どんなに奥深く困難な道でも、究《きわ》めることができるでしょう。ものごとの本末順序をさえ、きちんとして誤らなければ。
〈明治12年以前〉

3月
13日

明治天皇　御製

をりにふれたる
ちはやふる神の心にかなふらむ
わが国民《くにたみ》のつくすまことは

◉口語訳 ―― 神威あらたかな神の御心にきっと叶うだろう。私の治めるこの日本の国民が、今この大事の時に一心につくすまごころは。

〈明治37年〉

3月
14日

昭憲皇太后 御歌

寧静

いかさまに身はくだくともむらぎもの
心はゆたにあるべかりけり

＊弗蘭克林《フランクリン》の十二徳をよませたまへる

◉口語訳 ―― どのように体を苦しめ、身を粉《こ》にして働くとも、心だけは常に豊かに保ってゆくべきですね。

〈明治12年以前〉

3月
15日

明治天皇　御製

隣

へだてなくしたしむ世こそうれしけれ
となりのくにもことあらずして

◉口語訳 —— 何の心のへだてもなく、親しくつきあってゆける世の中こそうれしいことだ。境を接する隣の国にも、格別の変事など起こらないで。

〈明治40年〉

3月
16日

昭憲皇太后 御歌

述懐

月に日にものおもふことのまさるかな
世のまじらひのひろくなるにも

◉口語訳――月ごとに、日ごとに心にかかることが多くなっていくことです。世界の国々とのおつきあいが広くなるにつけても。
〈明治40年〉

3月
17日

明治天皇　御製

行

千万《ちよろづ》のわざにたけてもなにかせむ
身のおこなひのただしからずば

◉口語訳 ── この世の限りなく多くの技術や職業にただ長じているだけでは、何ほどのことがあろう。肝心の人としての身の行ないが正しくなければ、何の意味もない。

〈明治42年〉

3月
18日

昭憲皇太后　御歌

温和

みだるべきをりをばおきて花桜
まづゑむほどをならひてしがな

＊弗蘭克林《フランクリン》の十二徳をよませたまへる

◉口語訳——桜の花の散りみだれる姿はさておいて、蕾《つぼみ》の咲きほころびようとするきわのやさしさに習いたいものです。

〈明治12年以前〉

3月
19日

明治天皇　御製

をりにふれたる

世の中の事ある時にあひぬとも
おのがつとめむことな忘れそ

◉口語訳 ―― 世の中で何か大事が起こった時に出遭ったとしても、そういう時こそ自分が果たすべき務めを忘れないことが大切である。
〈明治38年〉

3月
20日

昭憲皇太后 御歌

道

かへりみて心にとはば見ゆべきを
ただしき道になにまよふらむ

◉口語訳 ―― 過去の経験や良心に照らしてよく考えれば、正しい道は自ずとはっきり見えてくるはずです。それなのに人はどうしてこんなに迷うのでしょうか、迷うことはありません。

〈明治12年以前〉

3月
21日

明治天皇　御製

をりにふれたる

まごころをこめてならひしわざのみは
年を経《ふ》れどもわすれざりけり

◉口語訳 ―― 一所懸命に心をこめて習い、真剣に身につけたことは、何年たっても決して忘れないものである。

〈明治44年〉

3月
22日

昭憲皇太后　御歌

海外旅

君がため国の光を帆にあげて
やしまのそとにいづる大船

◉口語訳 ―― 大君のために、この国の輝かしい未来を、その高々と掲げた帆に託し、大任を担った大船が大海原に漕ぎ出していきます。〈明治13年〉

3月
23日

明治天皇　御製

神祇

目に見えぬ神にむかひてはぢざるは
人の心のまことなりけり

◉口語訳――目に見ることのできない神に向かい、少しも恥ずかしくない清らかな正しい心境が誠の心で、それはわれわれにとって最も貴いものである。

〈明治40年〉

3月
24日

昭憲皇太后　御歌

松不改色

君《きみ》と臣《おみ》の心のいろにうつさばや
いつもかはらぬ松のみどりを

◉口語訳 ―― 君と臣との間に通い合うべき、細やかな心のありようとして写しとりたいものです。常に色の変わることのない、松の深いみどりの色を。

〈明治10年　歌御会始御歌〉

3月
25日

明治天皇 御製

卒業式

ゆるし文《ぶみ》うくる身よりもおほしたてし
人のこころやうれしかるらむ

◉口語訳 —— 卒業証書を受ける本人はもとより、それよりも本人を育て上げた人々の心は、さぞかしうれしいことであろう。

〈明治38年〉

3月
26日

昭憲皇太后 御歌

無題

ひらけゆくまなびのまどの花ざくら
世ににほふべき春をこそ待て

＊ある女学校にくだしたまへる

◉口語訳――やがて学成って学び舎《や》を出《い》で立ってゆく、桜の花のようなおとめたちよ。広く世に匂いたつ春をこそ待っています。

〈明治22年〉

3月
27日

明治天皇　御製

心

いかならむことある時もうつせみの
人の心よゆたかならなむ

◉口語訳――いつ、いかなる思いがけぬ異変が起きても、この世の中の人々の心は、あわてふためくことなく、広く豊かでありたいものだ。

〈明治45年〉

3月
28日

昭憲皇太后　御歌

親

おもかげを写しとどむるわざもなき
世にうせたりしおやをこそおもへ

◉口語訳――なつかしい親の慈愛深い面影を、亡き後までまざまざととどめる技術などは、この世にはないことですね。現世から姿を消してしまった親を、いつまでも切なく思い出します。

〈明治36年〉

3月
29日

明治天皇　御製

をりにふれたる
花になり実になるみれば草も木も
なべてつとめのある世なりけり

◉口語訳 ―― 花を咲かせて実になるさまを見ていると、草も木も世の中のすべてのものに、定まった役目があるのだと思われる。
〈明治43年〉

3月 30日

昭憲皇太后　御歌

花初開

言《こと》の葉の友ははやくもつどひけり
けふさきそめし花のこかげに

◉口語訳 ―― 春を待ちかねた和歌の友は、早くも集まって来ました。やっと今日咲きはじめた桜の木蔭に。

〈明治23年〉

3月
31日

明治天皇 御製

人

道をだにふみたがへずば世の中の
人のこころはやすくぞあらまし

◉口語訳 ―― 正しい道さえ踏み違えなかったなら、世の中の人の心というものは、きっと安らかなことであるだろうに。

〈明治41年〉

4月

卯月

April

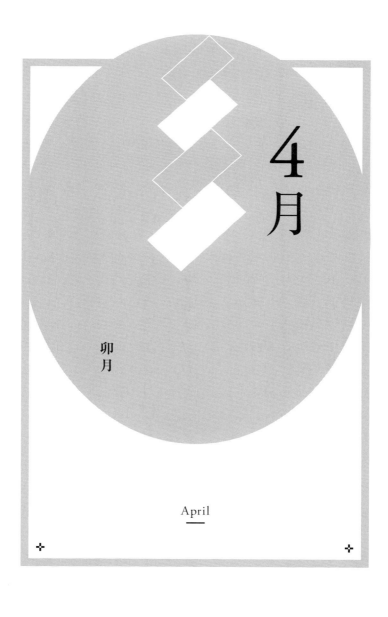

4月
1日

明治天皇　御製

心

いはがねのうごかざりけりひとすぢに
おもひかためし人のこころは

◉口語訳　――　大地に根をおろした巌《いわお》のように、固く動かないものだなあ。ただ一筋に堅固に、思い固めた人の心というものは。

〈明治45年〉

4月
2日

昭憲皇太后 御歌

寄国祝

橿原《かしはら》に宮居《みやゐ》ましけむ昔より
日嗣《ひつぎ》かはらぬ国はこのくに

◉口語訳 ―― この日本の国は神武天皇が橿原の宮で即位された昔から、万世一系の天皇の御位《みくらい》を継承して変わることのない国なのです。〈明治22年〉

4月
3日

明治天皇　御製

柱

橿原《かしはら》のとほつみおやの宮柱《みやばしら》
たてそめしより国はうごかず

◉口語訳――橿原の遠いご祖先、すなわち神武天皇が橿原の地に皇居を造営し、初めて国の柱、国の基礎をお建てになって以来、わが国はゆるぎもしないことだ。

〈明治42年〉

4月
4日

昭憲皇太后　御歌

河水久澄

あまつ日のてらさむかぎり神風や
みもすそがはの末《するゑ》はにごらじ

◉口語訳 ―― 天つ日が光を失わない限り、伊勢の宮居《みやい》の五十鈴川は末永く清く流れ続けて、濁ることはないでしょう。

〈明治15年　歌御会始御歌〉

4月
5日

明治天皇　御製

心

世の人にまさるちからはあらずとも
心にはづることなからなむ

◉口語訳 —— 世間の人と比べて特別すぐれた力はもっていなくても、己の良心に対して恥ずべきことがないようにしたいものである。

〈明治39年〉

4月
6日

昭憲皇太后 御歌

土筆

つくづくしつみて春野《はるの》にくらす日は
をさなあそびを思ひいでつつ

◉口語訳 ―― 野原一面に生えたつくしを摘みとって過ごすのどかな春の日には、幼かった頃の野遊びの楽しさを思い出します。

〈明治12年以前〉

4月
7日

明治天皇　御製

花

たかどのの窓てふ窓をあけさせて
四方《よも》の桜のさかりをぞみる

◉口語訳 ―― 高殿の窓という窓を全部開け放たせて、四方の桜のさかりを心ゆくまで眺める、このすがすがしい楽しさよ。

〈明治45年〉

4月
8日

昭憲皇太后 御歌

花

帰るべき道とほければいましばし
しばしと見つる山桜かな

◉口語訳 ―― 帰らなければならぬ道が遠いので、いま少し、いま少しと思ってつい見ほれてしまった、すばらしい山桜の花です。

〈明治19年〉

4月
9日

明治天皇　御製

述懐

すすみゆく世におくれなばかひあらじ
文《ふみ》の林はわけつくすとも

◉口語訳 ―― 日に日に進歩してゆく世の歩みに遅れをとるようでは、学問をした甲斐はあるまい。たとえ万巻の書物を読みつくすとも、それは書物に小さくとらわれただけである。〈明治42年〉

4月
10日

昭憲皇太后　御歌

人

人はただすなほならなむ呉竹《くれたけ》の
世にたちこえむふしはなくとも

◉口語訳 ―― 人は何よりもただ、まっすぐに素直な心で生きてゆきたいものです。たとえあの竹のように、世の困難に耐える節《ふし》はなくても。

〈明治15年〉

4月
11日

明治天皇　御製

心

ともすれば思はぬ方にうつるかな
こころすべきは心なりけり

◉口語訳――ともすると思いがけないほうに、人の心というものはゆらぎ動くことがあるものだ。いつも慎重に考えて、心のありようをおろそかにしてはならぬのである。

〈明治42年〉

4月
12日

昭憲皇太后　御歌

春月

光をもかすみにつつむ春の夜《よ》の
月こそ人のかがみなりけれ

◉口語訳――きらきらしい光をすら、やわらかく霞《かすみ》につつむ春の夜の月の奥ゆかしさこそ、世に生きてゆくための人がもつべき心がまえの理想の姿なのです。

〈明治30年〉

4月
13日

明治天皇　御製

春日

すがのねの長き春日《はるひ》はなかなかに
ものにおこたる人ぞおほかる

◉口語訳 ―― たとえばあの長い山菅《やますげ》の根のように長くのどかな春の日は、かえって心ものんびりと、ものごとを怠り過ごしてしまう人が多いものだ。

〈明治44年〉

4月
14日

昭憲皇太后　御歌

親

なほざりにききてすぎにしたらちねの
親のいさめぞいまはこひしき

◉口語訳 ―― 深く心に留めず聞いて過ごしてきた親の戒めの言葉が、今となってはしみじみと懐かしく思われます。

〈明治22年〉

4月
15日

明治天皇　御製

塵

ともすればうきたちやすき世の人の
こころのちりをいかでしづめむ

◉口語訳 ―― ややもすると塵のようにふわふわと浮きたちやすい人の心を、どうして静めたらよいものであろうか。

〈明治41年〉

昭憲皇太后 御歌

節制

花の春もみぢの秋のさかづきも
ほどほどにこそくままほしけれ

＊弗蘭克林《フランクリン》の十二徳をよませたまへる

◉口語訳 ―― 春の花見や秋の紅葉《もみじ》狩りと自然の美を観賞しながら飲むお酒も、ほどほどにするのがよいのであって、いつもお酒は度を越さないようにして、各々節制したいものです。

〈明治12年以前〉

4月
17日

明治天皇　御製

寄海祝

西の海なみをさまりて百千《もも ち》船
ゆきかふ世こそたのしかりけれ

◉口語訳——わが西辺の戦が治まって平和が回復し、多くの船舶が何の支障もなく自由に往来するようになったことは、実に楽しいことである。

〈明治29年〉

4月
18日

昭憲皇太后 御歌

鏡

おのづから心のうらもみゆばかり
とぎしかがみのかげのさやけさ

◉口語訳 ―― おのずからその人の心の奥まで見通せるほどに、するどく磨きあげた鏡にうつるわが姿の、何とさわやかなことでしょう。

〈明治22年〉

4月
19日

明治天皇　御製

教育

いかならむ時にあふとも人はみな
まことの道をふめとをしへよ

◉口語訳 ── どのような時代になろうとも、人は常に誠の正しい道を踏んで歩むように教育すべきである。

〈明治39年〉

4月
20日

昭憲皇太后 御歌

玉

文机《ふづくえ》にするゑたる玉もともすれば
ちりのかかりてくもりがちなる

◉口語訳 ―― 文机の上に置いた美しい玉も、ややもすると磨くことを怠ってほこりがかかり、曇らせてしまうことがあるものです。

〈明治30年〉

4月
21日

明治天皇 御製

学生

おこたらず学びおほせていにしへの
人にはぢざる人とならなむ

◉口語訳 ── 人はいつも怠けずにしっかりと学問をやり遂げて、昔の人に比べても劣らない立派な人間になりたいものである。
〈明治38年〉

4月
22日

昭憲皇太后　御歌

書

さくら木にいまだのぼせぬいにしへの
書《ふみ》の巻《まき》こそたからなりけれ

◉口語訳――書物を木版印刷するために桜の版木に刻む以前の、手書きの古い巻物こそ、何にもかえがたい宝物だと思います。

〈明治35年〉

4月
23日

明治天皇　御製

書典

ひらけゆく道のしをりとなるものは
むかしの文《ふみ》の林なりけり

◉口語訳 ―― 新しくひらけてゆく世の中の道の指針となるものは、古人が教えを説いた昔の書物である。

〈明治38年〉

4月
24日

昭憲皇太后 御歌

読書

ともしびのもとに書《ふみ》みておもふかな
むかしもかかることのありきと

◉口語訳――灯火《ともしび》の下で心静かに書物をひもとくと、昔もこのようなことがあったのだと、いろいろ考えさせられることです。
〈明治37年〉

4月
25日

明治天皇　御製

孝

たらちねの親につかへてまめなるぞ
人のまことのもとゐなるべき

◉口語訳 ―― 親に仕えて心細やかであるということこそ、人としての誠実さの基本であるはずだ。

〈明治39年〉

4月
26日

昭憲皇太后　御歌

菫

さとの子に摘ませてしがなわが庭の
芝生も見えずさけるすみれを

◉口語訳――里の子に摘ませたいものですね。わが庭に芝生も見えないくらいたくさん咲いているすみれの花を……。

〈明治19年〉

4月
27日

明治天皇　御製

道

ちはやふる神のひらきし道をまた
ひらくは人のちからなりけり

◉口語訳 ―― 皇祖の神々がお開きになった道の大本を、さらにまた豊かに開いてゆくのは、人の力である。
〈明治36年〉

4月
28日

昭憲皇太后　御歌

弓矢

手すさびの弓矢とりても思ふかな
こころの的《まと》のさだめがたさを

◉口語訳 ―― ほんの手遊びのための弓矢を手に取っても、的に当てることはむずかしいと思います。まして、心一筋に思うことを貫き通すための、わが心の的を思い定めるためには、いっそうの努力をしなければなりません。〈明治23年〉

4月
29日

明治天皇 御製

国

よきをとりあしきをすてて外国《とつくに》に
おとらぬくにとなすよしもがな

◉口語訳 ―― 外国のよいところは取り入れ、わが国の悪いところは捨てて、諸外国に劣らない立派な国としたいものである。

〈明治42年〉

4月
30日

昭憲皇太后　御歌

述懐

大空もはかりしる世を浮雲の
まよひがちなるわが心かな

◉口語訳 ── 大空の模様もはかり知るまで進歩したこの世に、人間としての生き方については、浮雲のように迷いがちなわが心が嘆かわしいことです。

〈明治21年〉

5月

皐月

May

5月
1日

明治天皇　御製

寄神祝

天《あま》てらす神の御光《みひかり》ありてこそ
わが日の本はくもらざりけれ

◉口語訳 ―― 天照大神の御光があるからこそ、わが日本国の威光は決して曇ることがないのである。
〈明治43年〉

5月
2日

昭憲皇太后　御歌

寄国祝

神代《かみよ》よりねざしかはらぬあしはらの
国の栄《さかえ》ぞかぎりしられぬ

◉口語訳――神代以来、根底揺るぎない日本国の繁栄はどこまでも続いて、限りないほど盛んなものであります。

〈明治23年　歌御会始御歌〉

5月
3日

明治天皇　御製

をりにふれたる
すすみゆく時にあふともいそのかみ
ふるきてぶりをわすれざらなむ

◉口語訳――めまぐるしく時勢が変化する時代に巡り合わせても、古きよき世の慣わしを忘れないでありたいものだ。

〈明治39年〉

5月
4日

昭憲皇太后　御歌

友

よき友にまじはる人はおのづから
身のおこなひもただしかりけり

◉口語訳 ―― よい友だちと心深い交わりをもつ人は、自ずから自分の身の行ないも正しくなるものです。

〈明治32年〉

明治天皇 御製

子

すなほにもおほしたてなむいづれにも
かたぶきやすき庭のわか竹

◉口語訳 ―― 子供は素直に育て上げたいものだ。外からの影響に対して、どちらからの風にも傾きやすい、庭の若竹のように感受性の強い子供は。

〈明治36年〉

5月6日

昭憲皇太后　御歌

思往事

たらちねの庭のをしへをよそにして
すみれつみしも昔なりけり

◉口語訳――親の家庭における教えを聞かないふりをして、すみれを摘んで遅くまで遊んだことも、懐かしい昔のことですね。

〈明治21年〉

5月
7日

明治天皇　御製

月

わがこころいたらぬくまのなくもがな
この夜《よ》を照す月のごとくに

◉口語訳 ―― わが心がものの隈々《くまぐま》まで届かぬところがないようにしたいものである。この夜の闇をあまねく照らす月の光の明らかなように。

〈明治42年〉

5月
8日

昭憲皇太后 御歌

首夏藤
ふきかへす藤の若葉の朝風に
かくれし花のみゆるうれしさ

◉口語訳 ―― 藤の若葉をひるがえして過ぎる朝風に、葉陰の花が時折見えるのはうれしいことです。

〈明治42年〉

5月
9日

明治天皇　御製

友

もろともにたすけかはしてむつびあふ
友ぞ世にたつ力なるべき

◉口語訳――お互い助けあい、睦びあっている友だちがいるということは、世の中を立派に生きてゆく上での大きな力となるものである。〈明治36年〉

5月 10日

昭憲皇太后 御歌

朋友
まこともてまじらふ友はなかなかに
はらからよりもしたしまれけり

◉口語訳 ―― まごころをもって深く接しあう友というものは、なまじ兄弟よりもかえってより身近く、親しまれるものです。

〈明治30年〉

5月
11日

明治天皇　御製

親

たらちねの親のこころをなぐさめよ
国につとむるいとまある日は

◉口語訳 ―― 年老いた親の心をやさしくなぐさめることにつとめなさい。常は国のためにつとめる身の、いとまのある日には。

〈明治40年〉

5月 12日

昭憲皇太后 御歌

耳

人ごとのよきもあしきもこころして
きけばわが身のためとこそなれ

◉口語訳 ―― 世間の人の言葉の、よいことも悪いことも、深く心をかたむけてその真実を聞こうとすれば、すべてわが身のためとなります。

〈明治30年〉

5月
13日

明治天皇　御製

心

すなほなる心をいつとなく
忘れはつるが惜《を》しくもあるかな

◉口語訳――素直な幼な心を、いつの間にかすっかり忘れてしまうことが、人間としてとても残念なことである。

〈明治38年〉

5月
14日

昭憲皇太后　御歌

夏心
おほかたは夏のこころになりぬらむ
ちりにし花をいふ人のなき

◉口語訳 ── 世の大方の人は、もうすっかり夏の心になってしまったようです。散り果てた花の哀れを言う人もいません。

〈明治17年〉

5月
15日

明治天皇　御製

鏡

われもまたさらにみがかむ曇《くもり》なき
人の心をかがみにはして

◉口語訳――私もさらにみがこう。曇りひとつない美しい人の心を鏡として。

〈明治41年〉

5月
16日

昭憲皇太后　御歌

庭新樹

花といふ花みなすぎて大庭《おほには》の
若葉すずしくしげるころかな

◉口語訳 ―― 花という花はみなその時季を過ぎてしまい、この宮中の庭の若葉が涼しげに繁るこの頃です。

〈明治40年〉

明治天皇　御製

身

こころからそこなふことのなくもがな
親のかたみとおもふこの身を

◉口語訳――心の底から、損傷することなくありたいものだと思う。親の分身として譲り受けた、このわが身を。

〈明治45年〉

5月
18日

昭憲皇太后　御歌

玉

するおきてめづる玉にもともすれば
おもはぬきずのつく世なりけり

◉口語訳 ―― 台の上に据えておいて大切に賞美する玉でさえも、どうかしたはずみに思いがけない傷のつくことがあるのが、この世の習いです。

〈明治22年〉

5月
19日

明治天皇　御製

をりにふれたる

さまざまのうきふしを経《へ》て呉竹《くれたけ》の
よにすぐれたる人とこそなれ

◉口語訳　――人はさまざまの艱難辛苦《かんなんしんく》を体験してこそ、節をもつ竹のように、世にすぐれた人となるのである。

〈明治37年〉

5月
20日

昭憲皇太后　御歌

墨

らうたくも見えにけるかなする墨を
袖《そで》にもつけてならふ子どもは

◉口語訳――愛らしくも見えるではありませんか。する墨に袖を汚してお習字をしている子供は。

〈明治33年〉

5月
21日

明治天皇　御製

若草

たまぼこの道のゆくてのわか草は
ふまれながらに花さきにけり

◉口語訳 ―― 道の行く手に生えた若草は、行き交う人々に踏まれながらそれにもめげず、けなげに花を咲かせている。

〈明治32年〉

5月
22日

昭憲皇太后　御歌

兄弟

はらからのしたしきなかのあらそひは
時の間《ま》にこそわすれはてけれ

◉口語訳 ── 兄弟同士の親しい間柄ゆえの争いは、つかの間に忘れ去ってより仲よくなってしまいます。

〈明治30年〉

5月
23日

明治天皇 御製

山

おほぞらにそびえて見ゆるたかねにも
登ればのぼる道はありけり

◉口語訳 ―― 大空に高くそびえ立っている険しい峰々にも、意を決し登ろうとすれば、登り得る道はあるものである。

〈明治37年〉

5月
24日

昭憲皇太后　御歌

宮のうちにかへりける日
うるはしき君がみけしきをろがみて
心やすくもなれるけふかな

◉口語訳 ―― 宮中に帰って、天皇陛下のご機嫌うるわしいご様子を拝し、心も安らかになれる今日一日です。

〈明治40年〉

明治天皇　御製

外交

まじはりをむすぶ国国へだてなく
したしまばやとおもふなりけり

◉口語訳 ── 交わりを結んでいる多くの国々。どの国とも
へだてなく親しみを深めてゆきたいと思うも
のである。
〈明治38年〉

5月
26日

昭憲皇太后 御歌

三輪の社にまうでて
かげ高き杉のみどりのとこしへに
世を守るらむ三輪《みわ》の大神《おほかみ》

◉口語訳 —— 高々とそびえる杉木立のみどりがとこしえに色あせぬように、神代以来鎮まります三輪の大神（奈良県大神《おおみわ》神社）は、これからも末永く世を護《まも》ってくださるでしょう。〈明治23年〉

5月
27日

明治天皇　御製

誠

言《こと》の葉にあまる誠《まこと》はおのづから
人のおもわにあらはれにけり

◉口語訳 ―― 言葉には言いつくせない誠の心というものは、
自然にその人の表情に現れるものである。

〈明治37年〉

5月
28日

昭憲皇太后　御歌

鏡

朝ごとにむかふかがみのくもりなく
あらまほしきは心なりけり

◉口語訳 ―― 毎朝、向かう鏡がきれいであると、まことに気持ちがよいように、人の心もいろいろのものを映す鏡でありますから、常に清く澄み明らめておきたいものです。

〈明治31年〉

5月29日

明治天皇 御製

道

ひらくれば開くるままに思ふかな
あらぬ道にや人の入《い》らむと

◉口語訳 ―― 世の中が開ければ開けるほどに、気がかりになってつくづく思われることである。誤った道に人々が踏み入ってゆきはしないかと。〈明治37年〉

5月
30日

昭憲皇太后　御歌

寄世祝

世の中のいきとしいけるものみなに
およぶは君がめぐみなりけり

◉口語訳 ―― この世の中に生を受けたあらゆるものすべてに、あまねく注がれているのは、陛下の御慈愛に満ちた御心にほかなりません。〈明治35年〉

5月
31日

明治天皇 御製

友

あやまちをいさめかはしてへだてなく
かたらふ友のたのもしきかな

◉口語訳 ―― 過ちをお互いに忠告し合って、何のへだたりもなく心から語りあえる友だちは、まことに信頼できるものである。

〈明治40年〉

6月

水無月

June

6月
1日

明治天皇　御製

をりにふれたる

なすことのなくて終らば世に長き
よはひをたもつかひやなからむ

◉口語訳——何ひとつ成し遂げることがなくて命を終わってしまったならば、この世に生まれて長い命を保ってきた甲斐が、まったくないことになってしまうであろうよ。

〈明治45年〉

6月
2日

昭憲皇太后　御歌

心

日にみたび身をかへりみし古《いにしへ》の
人のこころにならひてしがな

◉口語訳 ―― 毎日三度自らの行ないを反省したという、昔の人の心構えを見習い、絶えず心を磨いてゆきたいものです。

〈明治32年〉

6月
3日

明治天皇 御製

更衣

なつ衣《ごろも》かへし朝《あした》はうなゐ子も
こころかろげにあそぶなりけり

◉口語訳 ―― 涼しい夏の衣服に着替えた朝は、ほんの幼い子供までが、心も軽やかにのびのびと遊んでいることである。

〈明治43年〉

6月
4日

昭憲皇太后　御歌

寄風述懐

風ふけば市《いち》のちまたにたつ塵《ちり》の
しづめがたきは心なりけり

◉口語訳 —— 風が吹くと、人々が集まる街路に舞い上がる塵のように、容易に鎮めがたいのは動揺する人々の心です。

〈明治29年〉

6月
5日

明治天皇　御製

をりにふれたる
いかならむ事にあひてもたわまぬは
わがしきしまの大和《やまと》だましひ

◉口語訳 ―― どんな困難障害に際会《さいかい》してもひるまないのが、わが日本の国の人々がもつ大和だましいというものである。
〈明治37年〉

6月
6日

昭憲皇太后　御歌

友

へだてなくむつびながらもおもふこと
かたらむ友はすくなかりけり

◉口語訳――隔てなく仲よくしていながらも、思っていることをすべて打ち明けて話し合えるような友だちは、案外少ないものです。

〈明治22年〉

6月
7日

明治天皇　御製

述懐

むらぎものこころをたねのをしへ草
おひしげらせよ大和《やまと》しまねに

◉口語訳 ―― 人として生きてゆく上で精神的な根本となるべき教えを、この国の隅々にまで行きわたらせるように努めなければならない。〈明治37年〉

6月
8日

昭憲皇太后　御歌

雨中新竹

ふりしきる雨にたわみてわか竹も
世のうきふしをけふぞしるらむ

◉口語訳――絶え間なく降る雨に押し曲げられて、今年生えた若竹も、世の中の辛《つら》い体験を今日こそ知ることになるでしょう。

〈明治31年〉

6月
9日

明治天皇　御製

歌

天地《あめつち》もうごかすばかり言《こと》の葉の
まことの道をきはめてしがな

◉口語訳 ―― この広大な天地をも感動させるほどの、歌の言葉にこめる人の心のまことの道を、深く究めたいものである。
〈明治37年〉

6月
10日

昭憲皇太后　御歌

病院

やむ人をきてみるたびにおもふかな
みなおこたりて家にかへれと

◉口語訳――病気で苦しんでいる人を病院へ見舞いに来るたびに、いつも思うことです。みな一日も早く病気が回復して、家族の待つ家に帰りなさいと。

〈明治22年〉

6月
11日

明治天皇　御製

書

石上《いそのかみ》ふるごとぶみをひもときて
聖《ひじり》の御代《みよ》のあとを見るかな

◉口語訳 ―― 遠い昔に書かれた書物を深く読みこんで、聖帝の御代のご治績を偲《しの》び学ぶことは、心愉《たの》しいことである。

〈明治39年〉

6月
12日

昭憲皇太后 御歌

新樹露

かずしれず実をむすびたる梅が枝《え》の
わかばおもげにつゆぞおきける

◉口語訳 ―― 数えきれないほど多くの実を結んでいる梅の枝の、若葉には重たげに露がおいています。

〈明治35年〉

6月
13日

明治天皇　御製

行

やすくしてなし得《え》がたきは世の中の
人のひとたるおこなひにして

◉口語訳 ―― たやすいはずのことでありながら、なかなか実行できないのは、この世の中の人としての道にかなった行ないというものである。

〈明治40年〉

6月14日

昭憲皇太后　御歌

社頭松
みづがきの松の根ざしのゆるぎなき
国のさかえを神はもるらむ

◉口語訳――神殿を囲む瑞垣《みずがき》の内に、しっかり根ざしている松のように揺るがぬ国の栄えを、神は護っていてくださることでしょう。〈明治40年〉

6月
15日

明治天皇　御製

道

近きよりゆかむとしてはなかなかに
遠くぞまよふ世の中のみち

◉口語訳 ―― 急がば回れの諺《ことわざ》のように、近道をしようとするとかえって遠回りとなって迷うことがある。世の中の道もそのようなものだ。〈明治39年〉

6月 16日

昭憲皇太后　御歌

述懐

をさな子のまなぶをみてもいたづらに
おひたちし身ぞくやしかりける

◉口語訳 —— 幼童《ようどう》が一心に勉強しているのを見るにつけても、何らなすことなく成人したわが身が後悔されることです。

〈明治21年〉

6月
17日

明治天皇 御製

書

かみつ代《よ》のことをつばらにしるしたる
書《ふみ》をしるべに世を治めまし

◉口語訳 ―― 大昔の出来事を詳しく書き記した書物を道標《みちしるべ》として、世の中を治めてゆきたいものだと思う。

〈明治40年〉

6月
18日

昭憲皇太后 御歌

筆写人心
ひとくだりかきたる筆のあとにさへ
みゆるは人のこころなりけり

◉口語訳 ―― さりげなくひとくだりに書きおろした、その筆の跡にさえも、はっきりとあらわれるのは、その人の心のありようそのものです。

〈明治23年〉

明治天皇　御製

をりにふれたる

言《こと》の葉の上にあふれてきこゆるは
人のこころのまことなりけり

◉口語訳 ―― 人が心をこめ、調べを整えていう言葉の上にあふれ出て伝わってくるのは、その人の胸の奥のまことの心である。

〈明治45年〉

6月
20日

昭憲皇太后　御歌

往事

さとゐせし昔はゆめとなりぬれど
おやのいさめはわすれざりけり

◉口語訳 ―― 生家に居りました頃のことは、今ではもう夢のような想い出ですが、親の教訓は忘れることができません。

〈明治31年〉

6月
21日

明治天皇 御製

述懐

かりそめの言《こと》の葉草もともすれば
ものの根ざしとなる世なりけり

◉口語訳 ―― ほんのちょっとした時に言う何気ない言葉も、ともすると重大なことの原因となる世の中であることだ。

〈明治37年〉

6月22日

昭憲皇太后　御歌

述懐

さまざまのものおもひせしのちにこそ
うれしきこともある世なりけれ

◉口語訳 ―― いろいろ心配したり苦しんだりした後に、初めて真の歓びや楽しみというものがやってきます。これが世の中というものです。

〈明治41年〉

6月
23日

明治天皇　御製

里

うつせみの代々木《よよぎ》の里はしづかにて
都のほかのここちこそすれ

◉口語訳 ── この代々木の里の静寂の中に身を置いていると、東京に居ることをつい忘れてしまうほどに、のどかな心持ちがすることだ。〈明治39年〉

6月
24日

昭憲皇太后　御歌

霧

かりみやのありともみえず代々幡《よよはた》の
さとの杉むらきりこめてけり

◉口語訳 ―― 仮のお休みどころがあるようには思えないほど、代々幡の里の杉森は霧がたちこめています。

〈明治35年〉

6月
25日

明治天皇　御製

道

くに民がこころごころにすすみゆく
みちにはさはるものなくもがな

◉口語訳 ── 国民がそれぞれ思い思いに志して進んでゆく
人生の道には、いささかの障害物もなく順調
であってほしいものだ。

〈明治43年〉

6月
26日

昭憲皇太后　御歌

信

つくろひて花をさかせぬ言《こと》の葉に
人のまことはみゆるなりけり

◉口語訳 ―― 取り繕ってうわべを飾らない言葉の内にこそ、人の心の真実が現れるものです。〈明治22年〉

明治天皇 御製

水

よどみなく流るる水のおときけば
わがこころさへすみわたりけり

◉口語訳 ── よどみなく流れる水の音を聞いていると、自分の心までも澄みわたってくることである。

〈明治44年〉

6月
28日

昭憲皇太后 御歌

梅雨

ながからむものとしりつつさみだれの
けふもふるかといはぬ日ぞなき

◉口語訳 ―― さみだれ（梅雨）が長いものだとは分かっていながら、今日もまた雨かと自然に口に出ない日はありません。

〈明治20年〉

6月
29日

明治天皇　御製

述懐

ほどほどに身をも心もつくすこそ
人とうまれしつとめなりけれ

◉口語訳――それぞれの分に応じて、身も心もつくすことこそ、この世に人間として生まれてきたものの務めである。

〈明治37年〉

6月
30日

昭憲皇太后　御歌

梅雨晴

かぎりなくたちかさなりし雨雲も
はるればはるる水無月《みなづき》の空

◉口語訳 ―― 次から次へ重なる雨雲も、ひとたび晴れると、さわやかに晴れ上がるのが梅雨の空です。

〈明治18年〉

7月

文月

July

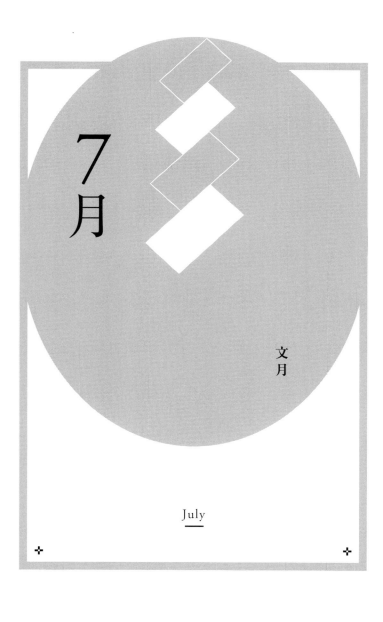

7月
1日

明治天皇　御製

祝

国民《くにたみ》のつくす力によりてこそ
世はにぎはしくなりまさりけれ

◉口語訳――国民が国のために一生懸命に尽くす力によってこそ、世の中は繁栄し、賑やかさを増すというものである。

〈明治40年〉

7月
2日

昭憲皇太后　御歌

述懐

人のため身のためものをおもふこそ
うつせみの世のならひなりけれ

◉口語訳 ―― 世の人のため、わが身のために、心をつくしてさまざまに思い巡らすことこそ、この世に生きる人のもつべき心のありようというものです。

〈明治32年〉

7月
3日

明治天皇　御製

をりにふれたる

いにしへの御代《みよ》の教にもとづきて
ひらけゆく世にたたむとぞ思ふ

◉口語訳 ―― 遠い昔の御代の聖賢の教えに基づいて、新しく開けてゆく世の生き方に対処してゆこうと思う。

〈明治37年〉

7月
4日

昭憲皇太后　御歌

寄国祝

幾千代《いくちよ》とかぎりもあらじしろしめす
とよあしはらの国のさかえは

◉口語訳 ―― 何千年とも限りはありません。天皇陛下がお治めあそばす、この日本の国の栄えというものは。

〈明治25年〉

7月
5日

明治天皇 御製

慰

むらぎもの心をひろくもつ時は
なにならぬこともなぐさまれけり

◉口語訳 —— 心を広くもっていれば、どのようなことにあっても、和やかに静まらせることができるのである。

〈明治38年〉

7月
6日

昭憲皇太后　御歌

夏草

くさふかき夏野のはらも人のゆく
みちひとすぢはうづもれずして

◉口語訳――草深い夏の野原も、人が往来する一筋の道だけは草に覆われないように、人の道も正しい道は決してうずもれないでしょう。〈明治18年〉

7月
7日

明治天皇 御製

水声

きく人のこころのそこも洗ひけり
よどまずおつる水のひびきに

◉口語訳 —— 聞く人の心の底までも、洗い清められたことだ。滞りなく流れ落ちる水のすがすがしい響きによって。〈明治37年〉

7月
8日

昭憲皇太后 御歌

夏人事
ひく水もあつくなりぬる日ざかりに
田ぐさとる身をおもひこそやれ

◉口語訳 ― 田に引く水さえ熱くなってしまう夏の日盛りに、その水田に入って草取りをする人の苦労が、身にしみて思いやられます。

〈明治31年〉

7月
9日

明治天皇　御製

孝

いとまなき世にはたつともたらちねの
親につかふる道な忘れそ

◉口語訳――いかに世の中のことに多忙であろうとも、決して孝行の道を忘れてはならないのである。

〈明治45年〉

7月
10日

昭憲皇太后　御歌

節倹

呉竹《くれたけ》のほどよきふしをたがへずば
末葉《うらば》の露もみだれざらまし

＊弗蘭克林《フランクリン》の十二徳をよませたまへる

◉口語訳 ―― 世の中の各人が己《おのれ》をわきまえて控え目で、礼儀正しい行ないをなすならば、少しもあれこれ悩むことはないでしょうに。〈明治12年以前〉

7月
11日

明治天皇　御製

をりにふれたる

国民《くにたみ》のひとつこころにつかふるも
みおやの神のみめぐみにして

◉口語訳――国民が心を一つにして国のためにつくしているのも、御祖神《みおやのかみ》の御恵みがあってのことと思われる。

〈明治37年〉

7月
12日

昭憲皇太后　御歌

立志

国のためひとたびたてしこころざし
ひるがへさぬがたのもしきかな

◉口語訳 ―― 国のため一度立てた志は、どのような事態が生じようとも、変え改めないのが、人として信頼できる最も大事なことと申せましょう。

〈明治41年〉

7月
13日

明治天皇 御製

をりにふれたる

かぎりなき世にのこさむと国のため
たふれし人の名をぞとどむる

◉口語訳 ―― この世のある限り後の世にまで伝え残そうとの思いで、国のために死んでいった人々の名前を、しっかりと留《とど》め残すのである。

〈明治37年〉

7月
14日

昭憲皇太后　御歌

をりにふれて
思ふ事いふこと道にあたりなば
神のこころも動かざらめや

◉口語訳 ── 思うこと、言うことが、人としての道理にかなっているならば、神の御心も決して動かないはずはありません。

〈明治12年以前〉

明治天皇　御製

心

おもふこと常《つね》にたえせぬ世にしあれば
心はひろくもつべかりけり

◉口語訳 ── 次から次へともの思いの絶えないこの世の中だから、心ばかりは広くゆったりと構えて過ごしたいものである。

〈明治37年〉

7月16日

昭憲皇太后　御歌

山家水

山かげの水のながれはきよけれど
あらひかぬるはこころなりけり

◉口語訳――深い山かげの水の流れは清らかに澄んでいるけれど、洗っても洗っても、洗いきれないものは、人の心であります。

〈明治35年〉

7月
17日

明治天皇　御製

をりにふれたる

世の中の人におくれをとりぬべし
すすまむ時にすすまざりせば

◉口語訳 ―― うっかり油断していると、世間の人に遅れをとることになるであろう。進むべき時に、意を決して断固として進まないでいたならば。

〈明治40年〉

7月
18日

昭憲皇太后　御歌

勇

人よりもすすみて道をふむ人は
はづる心やしをりなるらむ

◉口語訳　――人に先がけて道を進む人は、常に自分の心を反省することが、正しい道を踏みちがえない指針となってくれることでしょう。〈明治22年〉

7月
19日

明治天皇　御製

をりにふれたる
雨すぎてみどりにはれしそらみれば
日かげは夏になりにけるかな

◉口語訳――うっとうしい梅雨が過ぎ去って、みどりに晴れ上がった空を見ると、日差しはすっかり夏のさわやかさになったことだ。
〈明治38年〉

7月20日

昭憲皇太后　御歌

心

ものごとに心うつりてわれながら
いつを常《つね》ともおもほえぬかな

◉口語訳 ―― 物事に触れて心が移り変わり、自分ながらどれがわが心の常なのか分からないときがある。人の心というものは、なんと移り変わりやすいものであることでしょう。

〈明治21年〉

7月
21日

明治天皇　御製

神祇

めにみえぬ神のこころにかよふこそ
人の心のまことなりけれ

◉口語訳 ― 目には見えないが、われわれの心の内に確かにいらっしゃる神の御心に通うことが、人の心のまことというものである。

〈明治40年〉

7月
22日

昭憲皇太后 御歌

雲

はるかとおもへばかかる山のはの
くもぞうきよのすがたなりける

◉口語訳――これで晴れるかなと思うそばから、また山の端に雲がかかってしまう。これはあたかも、この憂い多い世の姿を象徴しているようですね。

〈明治32年〉

7月
23日

明治天皇　御製

夏草

国のため民のためには夏草の
ことしげくともつとめざらめや

◉口語訳 —— この国のため、わが民のためには、たとえ生い茂る夏草のようにわずらわしいことが次から次へと起こってこようとも、心緩めず努めてゆこうと思う。

〈明治38年〉

7月24日

昭憲皇太后　御歌

教師

花になれ実をもむすべといつくしみおほしたつらむやまと撫子《なでしこ》

◉口語訳——花のように美しくなりなさい、しっかりした心の実を結びなさいと、常日ごろから慈愛深い教育をしてこそ「やまとなでしこ」と言われる、すぐれた日本の女性は育てられてゆくはずです。それが教師の務めです。〈明治32年〉

7月
25日

明治天皇　御製

をりにふれたる

たへがたき暑さにつけていたでおふ
人のうへこそ思ひやらるれ

◉口語訳 —— この耐えがたい暑さにつけても、ロシアとの戦争で負傷していま苦しんでいる人々のことが、身にしみて思いやられることだ。

〈明治37年〉

7月
26日

昭憲皇太后　御歌

孝

ははそばのめぐみの露《つゆ》をうけながら
子の道いまだつくしかねつつ

◉口語訳 ―― 母親の大きな恵みを受けて育ってきながら、子供としての道をまだ尽くしきれないままでいます。

〈明治38年〉

7月
27日

明治天皇　御製

述懐

ゆくすゑはいかになるかと暁《あかつき》の
ねざめねざめに世をおもふかな

◉口語訳 ── この国の将来はこれからどうなってゆくのだろうかと、毎日毎日、夜明け時の早い覚めぎわに、世の中のことが深く思われることである。

〈明治38年〉

7月28日

昭憲皇太后 御歌

夏人事

いかばかりくるしかるらむ日ざかりに
水まき車ひきめぐる身は

◉口語訳 ―― どんなに苦しいことでしょう。この炎天下に重い散水車を引いて、街路をめぐる人は。

〈明治33年〉

7月
29日

明治天皇　御製

天

あさみどり澄《す》みわたりたる大空の
広きをおのが心ともがな

◉口語訳 ―― さわやかな浅みどり色に澄みわたった大空の、その果てしない広さを、わが身の心としたいものである。

〈明治37年〉

7月
30日

昭憲皇太后　御歌

仁

日のもとのうちにあまりていつくしみ
外国《とつくに》までもおよぶ御代《みよ》かな

◉口語訳——天皇のお慈しみの御心が、国内はもとより遠く諸外国にまでも年々に及んでゆく、まことにありがたい時代であります。

〈明治22年〉

7月
31日

明治天皇　御製

巌上松

苔《こけ》むせるいはねの松の万代《よろづよ》も
うごきなき世は神ぞもるらむ

◉口語訳 ―― 苔むした古い巌に根を張って生えている松の古木のように、万代の後までも揺らぎのないこの世を、神はお護りくださるであろう。

〈明治37年　歌御会始御製〉

8月

葉月

August

8月
1日

明治天皇　御製

友

よき友にまじはりてこそおのづから
人の心もたかくなりけれ

◉口語訳――よい友だちと交わってお互いに切磋琢磨してこそ、おのずと人の心も高められるものである。

〈明治37年〉

8月
2日

昭憲皇太后　御歌

智

ものまなぶ道のひらけて天地《あめつち》も
はかりしる世となりにけるかな

◉口語訳 ―― 学問の道が開けて、今では天地の事柄も解明できる、すばらしい時代となりました。

〈明治22年〉

8月
3日

明治天皇　御製

をりにふれたる

民のため年ある秋をいのる身は
たへぬあつさもいとはざりけり

◉口語訳 ―― 国民のため稔り多い秋を祈るこの身は、耐えきれないような夏の暑さも、稲の生育のためと思って、少しも苦にならないことだ。

〈明治34年〉

8月4日

昭憲皇太后　御歌

風鈴
軒《のき》づりのしのぶにかけしすずのねも
きこえてすずし夏の夕風

◉口語訳――軒端《のきば》にかけた「つりしのぶ」の風鈴の音も、ゆらぎ聞こえてきて、夏の夕風がいっそう涼しく感じられます。

〈明治36年〉

8月
5日

明治天皇　御製

道

いとまなき身も朝夕にいそしみぬ
おもひ入《い》りぬるみちのためには

◉口語訳 ―― 暇《いとま》とてないわが身も、朝につけ夕べにつけて勤しみ励んできた。ひとたび思い定めて志した道を遂げるためには。

〈明治43年〉

8月
6日

昭憲皇太后　御歌

立秋風

日ざかりは扇《あふぎ》おくまもなかりしを
夕風すずし秋やたつらむ

◉口語訳――日盛りは扇を置く間もないほど暑かったのに、夕風が涼しく感じられます。早くも秋がきたのでしょうか。

〈明治39年〉

8月
7日

明治天皇　御製

書

いにしへの書《ふみ》の林をわけてこそ
あらたなる世の道もしらるれ

◉口語訳 ―― 古くからの多くの書物を読み、丹念に研究してこそ、新しい世の中のあるべき道も、自ずと知られてくるものである。
〈明治40年〉

8月
8日

昭憲皇太后　御歌

浜殿にゆく道にてさいつころの火にやけし
民家のあとのあはれなるを見て

時のまにけぶりとなりしあと見れば
人のなげきぞおもひやらるる

〈明治14年〉

◉口語訳――ほんの一寸《ちょっと》の間に、何もかも煙となって焼けてしまった火事の跡を見るにつけても、罹災《りさい》した人々の悲嘆が思いやられて、まったく気の毒なことです。

8月
9日

明治天皇　御製

師

まなびえて道の博士《はかせ》となる人も
教のおやのめぐみ忘るな

◉口語訳 ―― 学問の道を志し、広くその奥を究めた人も、それまでに受けた師の恩を忘れるようなことがあってはならない。

〈明治41年〉

8月
10日

昭憲皇太后 御歌

糸

ひとすぢのそのいとぐちもたがへては
もつれもつれてとくよしぞなき

◉口語訳 ―― 糸を解こうとして間違って糸口を見失うと、もつれもつれて、ついには解きほぐす方法がなくなるでしょう。

〈明治35年〉

8月
11日

明治天皇 御製

心

天地《あめつち》のなしのままなる世のをしへ
まもる心ぞ身のまもりなる

◉口語訳 ―― 大自然の摂理そのままを、世の中の教えとして守る心こそ、身の守りとなるのである。

〈明治37年〉

8月
12日

昭憲皇太后　御歌

子

年たらで学《まなび》の園《その》にいらぬ子も
千代《ちよ》に八千代《やちよ》とうたふ御代《みよ》かな

◉口語訳――まだ幼く、学校に入っていない子供でも、この頃は〝ちよにやちよ〟と「君が代」を元気よく口ずさむ、よき時代になったのですね。

〈明治43年〉

明治天皇 御製

歌

まごころをうたひあげたる言《こと》の葉は
ひとたびきけばわすれざりけり

◉口語訳 ―― 真実の心を調べて深く詠みあげた和歌は、一度聞いたならば、心に深く刻まれて決して忘れることがないものである。

〈明治41年〉

8月
14日

昭憲皇太后　御歌

水

夕立《ゆふだち》ににごるやがてもすみかへる
水のこころはすずしかりけり

◉口語訳 ―― はげしい夕立で濁った水も、まもなく元のように澄みかえります。水の本来の姿は、清くすがすがしいものです。

〈明治21年〉

8月
15日

明治天皇　御製

招魂社にまうづる時よめる

わが国のためをつくせるひとびとの
名も武蔵野《むさしの》にとむる玉垣《たまがき》

◉口語訳――新しい日本を生み出すために力をつくし、命を終えた人々の名を、この武蔵野に留め祀る、招魂社の玉垣よ。

〈明治11年以前〉

8月16日

昭憲皇太后　御歌

心

きみがため国やすかれとおもふこそ
なべての人の心なりけれ

◉口語訳 ―― 天皇の御為《おんため》に、そのお治めになる日本の国が平和であってほしいと願うことこそ、すべての人々の心なのです。

〈明治34年〉

8月
17日

明治天皇　御製

宝

世の中にひとりたつまでをさめえし
わざこそ人のたからなりけれ

◉口語訳 ―― 世の中に技術者として独り立ちできるまでに習い修めた技術こそ、その人にとってかけがえのない宝である。

〈明治42年〉

8月
18日

昭憲皇太后　御歌

慎独

人しれず思ふこころのよしあしも
照し分《わ》くらむ天地《あめつち》のかみ

◉口語訳 ―― 人知れず密かに思う心の中のことも、天地の神はその善悪を照らし分けて、すべてをお見通しでいらっしゃることでしょう。

〈明治12年以前〉

8月
19日

明治天皇　御製

仁

千万《ちよろづ》の民の心ををさむるも
いつくしみこそもとゐなりけれ

◉口語訳 ―― 数多い国民の心を統《す》べ治めてゆくにも、国民への慈しみの心を深くもつことこそが、基本となるべき大切なことである。

〈明治43年〉

8月20日

昭憲皇太后　御歌

商

ひのもとの国とまさむとあきびとの
きそふ心ぞたからなりける

◉口語訳──日本の国を豊かな国にしたいと、商人がお互いに切磋琢磨して励み合う心こそ、尊くもまた頼もしいものです。

〈明治41年〉

明治天皇　御製

神祇

いつはらぬ神のこころをうつせみの
世の人みなにうつしてしがな

◉口語訳——まっすぐで偽りのない神の御心を、この現実の世の人すべての心に映して、すがすがしい世にしたいものである。
〈明治44年〉

8月
22日

昭憲皇太后　御歌

思

世の中に生きとしいけるものみなも
思ふことなき日はなかるらし

◉口語訳 ―― この世の中に生きとしいけるものは皆それぞれに、何かしら思ったり、考えたりしていて、そんなことが何ひとつない日というのは、なかなかないようです。

〈明治41年〉

8月
23日

明治天皇　御製

水

いづかたにながれゆきてもにごりなき
清水《しみづ》を人のこころともがな

◉口語訳 ── どんなところに流れていっても、その環境に動かされて濁ったりすることのない真清水のように、いつも澄んだ人の心であってほしいものである。

〈明治45年〉

8月
24日

昭憲皇太后　御歌

をりにふれて
わがのきにかけたる鈴のおとすなり
まちし夕風いまかふくらむ

◉口語訳――わが家の軒にかけた風鈴の音が聞こえてきます。心待ちにしていた夕風が、今涼しく吹いてきたのでしょう。

〈明治24年〉

8月
25日

明治天皇　御製

山

万代《よろづよ》の国のしづめと大空に
あふぐは富士のたかねなりけり

◉口語訳 ―― 永遠に揺らぎない国の栄えの象徴として、いつも大空に仰ぐのは、富士山のあの気高い姿である。
〈明治41年〉

8月
26日

昭憲皇太后　御歌

海

かぎりなき大海原を見わたせば
心もとほくゆくここちせり

◉口語訳 ―― 果てしもなく広々とした海原を見わたすと、心ものびのびとはるか遠くまでゆく気がします。

〈明治31年〉

8月
27日

明治天皇　御製

夏風

文机《ふづくえ》のふみはちれどもふく風の
すずしき窓はさされざりけり

◉口語訳 ―― 机の上の文書は吹き散らされるけれども、涼しい風の入ってくる夏の窓は、どうしても閉ざす気にならぬことである。

〈明治36年〉

8月
28日

昭憲皇太后　御歌

読書言志

文机《ふづくえ》にむかふ心のうれしきは
まことの道にあへるなりけり

◉口語訳 ―― 机に向かって書物を読む時の心のうれしさは、真実の心の道理に出合うことができるからです。

〈明治12年以前〉

8月 29日

明治天皇　御製

夏山水

年年《としどし》におもひやれども山水《やまみづ》を
汲《く》みて遊ばむ夏なかりけり

◉口語訳 ―― 毎年夏になると、すがすがしい冷たい山水を手に汲んで、心をのびのびと豊かにさせたいと思うのだが、国事を司《つかさど》ることが多忙で、そうした暇《いとま》はもてないことである。　〈明治37年〉

8月
30日

昭憲皇太后　御歌

心

とる筆のあとはづかしとおもふかな
心のうつるものと聞きては

◉口語訳 ―― 筆で書いたその筆跡が恥ずかしく思われます。
心がそこに映し出されるものと聞いては……。

〈明治34年〉

明治天皇　御製

川

岩がねをきりとほしても川水《かはみづ》は
思ふところに流れゆくらむ

◉口語訳 ―― 勢いよく流れ下る水は、たとえ岩を貫いても自分の思うところに流れようとする。人もまた、そうありたいものだ。

〈明治44年〉

9月

長月

September

9月
1日

明治天皇　御製

神祇

神がきに朝まゐりしていのるかな
国と民とのやすからむ世を

◉口語訳――神域に朝参拝してお祈りすることだ。日本の国が栄え、国民が安らかに暮らせる世の中であるようにと。〈明治37年〉

9月2日

昭憲皇太后　御歌

衛生

かりそめのことはおもはでくらすこそ
世にながらへむ薬なるらめ

◉口語訳――その場限りのはかないことに、くよくよしないで暮らすことこそ、この世に長生きするための良薬というものでしょう。〈明治42年〉

9月
3日

明治天皇 御製

行

世の中の人の司《つかさ》となる人の
身のおこなひよただしからなむ

◉口語訳 —— 世の中の人の上に立つ者は、自分の行動に責任をもって、何事にも正しく身を処してゆきたいものである。

〈明治37年〉

9月4日

昭憲皇太后　御歌

社頭述懐

まごころをぬさと手向《たむ》けて神がきに
いのるは国のさかえなりけり

◉口語訳――真心を神さまに供えるご幣《へい》として、ひたすら御神前に祈ることは、国が栄えてゆくための基《もとい》であります。

〈明治20年〉

9月
5日

明治天皇 御製

神祇

日の本の国の光のそひゆくも
神の御稜威《みいつ》によりてなりけり

◉口語訳 —— 日本の国力が輝かしく発展してゆくのも、まったく神のご威光によってである。

〈明治39年〉

9月6日

昭憲皇太后 御歌

義

しげりたるうばらからたちはらひても
ふむべき道はゆくべかりけり

◉口語訳 ―― 道を妨げる茨《いばら》やからたちの障害のような、困難なことが次々と起ころうとも、それを払いのけて、人として踏み行なわなければならない正しい道は、どんなに苦労しても、強い信念をもって、勇敢に進むべきです。〈明治22年〉

9月
7日

明治天皇　御製

雨のふりつづくころ
はれまなき雨につけても思ふかな
ことしの秋のみのりいかにと

◉口語訳 ―― 晴れ間なく長雨が降り続くにつけて、国民の生活はどうであろうかと心配することだ。今年の秋の収穫は、どうであろうか。〈明治35年〉

9月
8日

昭憲皇太后　御歌

寄民祝

すめらぎの国のみためと万民《よろづたみ》
よろづのわざにきそふ御代《みよ》かな

◉口語訳 ── 陛下の統治されるお国のためにと、多くの国民はさまざまな分野で仕事に励み、競い合うよき時代となりました。〈明治34年〉

9月
9日

明治天皇　御製

神祇

とこしへに国まもります天地《あめつち》の神のまつりをおろそかにすな

◉口語訳 ―― 永遠にわが国をお護りくださる天地の神々への感謝と祈りの祭りを、決しておろそかにしてはいけない。

〈明治43年〉

9月
10日

昭憲皇太后 御歌

社頭祝

まもります神のやしろにまうできて
なほこそいのれ国のさかえを

◉口語訳 ―― この国を護ってくださる神の社にお参りにやってきて、この上もなお国の栄えを祈ります。

〈明治41年〉

9月
11日

明治天皇　御製

虫声

さまざまの虫のこゑにもしられけり
生きとしいけるもののおもひは

◉口語訳 ―― さまざまの音色で鳴いている虫の声にさえ、思い知らされることがある。命あるものはみなそれぞれに、胸に抱くひたすらな思いがあって、懸命に生きていることを。〈明治44年〉

9月
12日

昭憲皇太后　御歌

寄国祝

きみがためあがたの民もおしなべて
くにのさかえをおもふ御代《みよ》かな

◉口語訳――大君のために、都の民も地方の民も等しく心ひとつになって、国の栄えを願っていそしむ、すばらしい御代です。

〈明治22年〉

9月
13日

明治天皇　御製

月

わたつみの波の千尋《ちひろ》の底までも
てりとほるらむ秋の夜《よ》の月

◉口語訳 ―― 海原の波の限りなく深い底にまで、照りとおることであろうよ。秋の今宵の、耿耿《こうこう》と照りかがやく月は。

〈明治15年〉

9月
14日

昭憲皇太后　御歌

寄池述懐

底にしくさざれもみゆる池水《いけみづ》の
きよき心にならひてしがな

◉口語訳――池の底にしかれた小石までもこまごまと透き通って見える、この池水の清らかさに、人の心もならいたいものです。

〈明治16年〉

9月
15日

明治天皇　御製

学問

事《こと》しげき世にたたぬまに人は皆《みな》
まなびの道に励《はげ》めとぞ思ふ

◉口語訳 ―― いろいろとわずらわしいことの多い世間に立ち出る前に、人は誰もみな学問の道に十分に励んでおくべきだと思う。
〈明治37年〉

9月16日

昭憲皇太后 御歌

金

もつ人の心によりて宝とも
仇《あた》ともなるはこがねなりけり

◉口語訳 ―― もつ人の心がけ次第で、宝ともなり、災いの元ともなるのは、人間がこの世の便利のために作った金銭というものです。〈明治21年〉

9月
17日

明治天皇　御製

をりにふれたる

もの学ぶ道にたつ子よおこたりに
まされる仇《あた》はなしとしらなむ

◉口語訳 ―― 学問の道を志す子供たちよ。心の怠りにまさる敵はなく、ひたすら努力することこそ大切である、と心に言い聞かせなさい。〈明治38年〉

9月
18日

昭憲皇太后　御歌

社頭雨

広前《ひろまへ》のちりをしづめてふる雨に
ぬるる榊《さかき》の清《きよ》げなるかな

◉口語訳――ご神前の塵や埃を払い鎮めてそぼ降る雨に、濡れてつやめく榊の葉が、何とすがすがしく見えることでしょう。

〈明治41年〉

9月
19日

明治天皇　御製

秋祝

ことしげきこの秋にしも千町田《ちまちだ》の
みのりよろしと聞くがうれしさ

◉口語訳――いろいろなことがあって忙しい今年の秋ではあるが、日本国中の多くの田圃の稔りがよいと聞くのは、なんともうれしいことである。

〈明治35年〉

9月
20日

昭憲皇太后 御歌

粒粒皆辛苦

苗《なへ》うゑて八《や》束《つか》たり穂《ほ》をみるまでに
いたつく人を思ひこそやれ

◉口語訳――田植えをしてから秋の立派な稔りを見るまでの間に、炎天の下で手入れに勤《いそ》しむ農民たちの労苦がしみじみ思いやられます。〈明治42年〉

9月
21日

明治天皇 御製

誠

疾《と》き遅《おそ》きたがひはあれどつらぬかぬ
ことなきものはまことなりけり

◉口語訳 ―― 物事をなし遂げるまでの間は、人によって早い遅いの違いはあるが、志したことを必ず貫き通すことこそ、人の心の誠というものである。

〈明治38年〉

9月
22日

昭憲皇太后　御歌

農

八《や》束《つか》穂《ほ》のたりほの上に労《いたつ》きし
人の力もみゆるあきかな

◉口語訳 ―― たわわな稲の穂が重たく垂れている様子に、ここまで育ててきた人の労苦のあとをはっきりと見ることのできる、豊かな秋です。

〈明治40年〉

9月
23日

明治天皇　御製

親

ひとりたつ身になりぬともおほしたてし
親の恵をわすれざらなむ

◉口語訳 ―― 独り立ちできるようになっても、ここまでに
養い育ててくれた大きな親の恵みを、いつも
忘れないでいたいものである。　〈明治37年〉

9月
24日

昭憲皇太后　御歌

農

田にはたにいでぬ日もなきさと人の
身の労《いたつき》ぞおもひやらるる

◉口語訳 —— 雨の日も風の日も、田畑に出て働かない日のない農民たちの、労苦はさぞかし大変なことだと思いやられます。

〈明治35年〉

9月
25日

明治天皇　御製

旅

小車《をぐるま》のすぐるまにまにうれしきは
むかふる民のこころなりけり

◉口語訳　――　私の乗った車が町や村々を通り過ぎるにつれてうれしく思うことは、私を温かく歓迎してくれる国民の気持ちである。

〈明治35年〉

9月
26日

昭憲皇太后　御歌

越路へみゆきましましけるころ
はつかりをまつとはなしにこの秋は
越路《こしぢ》のそらのながめられつつ

◉口語訳——この秋は、初雁《はつかり》を待つともなく越路の空を眺めながめして、北陸へお出かけになった陛下をお待ち申す日が多いのです。〈明治12年以前〉

9月
27日

明治天皇　御製

述懐
思ふことおほかる中にをりをりは
なぐさむこともある世なりけり

◉口語訳 ―― 心にかかる憂いごとがたくさんある中に、一方では心の慰めになることも時折はある、この世の中である。

〈明治38年〉

9月 28日

昭憲皇太后　御歌

述懐

外国《とつくに》のまじらひ広くなるままに
おくれじとおもふことぞそひゆく

◉口語訳——諸外国との交際が幅広くなるにつれて、この点は遅れてはいけないと思うことがだんだん多くなってゆきます。

〈明治21年〉

9月
29日

明治天皇　御製

祝言

をさめしる八島《やしま》の国の外《ほか》までも
静かなる世をわがいのるかな

◉口語訳 ―― 自分が統治するこの大八島の国はいうまでもないことだが、そのほかの国々までも、穏やかで平和な世であることを祈ってやまないことだ。

〈明治36年〉

9月
30日

昭憲皇太后　御歌

信

へだてなくいつつのくにに交《まじは》るも
こころのまことひとつなりけり

◉口語訳 ── 分け隔てなく五大洲すなわち世界中の国々と交誼《こうぎ》を結ぶにつけても、大切なのは心のまことの一筋であります。

〈明治22年〉

10月

神無月

October

10月
1日

明治天皇　御製

秋神祇
神風《かみかぜ》の伊勢の宮居《みやゐ》にとよとしの
初穂《はつほ》ささげむ時ちかづきぬ

◉口語訳 ―― 伊勢の神宮に、豊かに穂《みの》った今年の稲の初穂をお供えして、お祭りする時季が近づいてきた。

〈明治36年〉

10月
2日

昭憲皇太后　御歌

社頭祈世
神風《かみかぜ》の伊勢の内外《うちと》のみやばしら
ゆるぎなき世をなほいのるかな

◉口語訳 ―― 伊勢神宮の内宮外宮の宮柱のように、動くことなく世の中が安らかに治まることを祈るのです。

〈明治24年　歌御会始御歌〉

10月
3日

明治天皇　御製

松

あらし吹く世にも動くな人ごころ
いはほにねざす松のごとくに

◉口語訳 ―― どのように嵐の吹き荒れる世の中の変動に直面しても、人は心を動揺させることがあってはならない。たとえば巌の上に根をはっている松のように、不動の心でいたいものだ。

〈明治42年〉

10月
4日

昭憲皇太后　御歌

野分

枝《えだ》ながら栗の実おちて夜《よ》のほどの
のわきのなごりしるきけさかな

◉口語訳——栗の実が枝ごと落ちているのを見ても、昨夜吹き荒れた野分の激しかったことが、はっきりしのばれる今朝です。
〈明治36年〉

10月
5日

明治天皇　御製

社頭祝言

あたらしくつくりし伊勢の宮柱《みやばしら》
うごかぬ国をなほ守るらし

◉口語訳 ―― 真新しく御造営なった伊勢の神宮の太い宮柱は、もともとゆるぎないこの日本の国をさらに一層たしかに、お護りくださるに違いない。

〈明治23年〉

10月
6日

昭憲皇太后　御歌

智

おこたりて磨かざりせば光ある
玉も瓦《かはら》にひとしからまし

◉口語訳 ―― どのように美しい光を内に宿す宝石も磨く努力を怠るならば、それはただの瓦と同じこと。人間が心にもつ叡智《えいち》についても、同じことでしょう。

〈明治12年以前〉

明治天皇 御製

秋風
しげりあふ森の下みち椎《しひ》の実も
をりをりおちて秋風ぞふく

◉口語訳 ―― 枝々が繁りあった森の下道。そこに椎の実もはらはらと落ちてきて、秋風が吹いていることだ。〈明治34年〉

10月
8日

昭憲皇太后　御歌

秋述懐

秋の野の千草の花のいろいろに
うつるや人のこころなるらむ

◉口語訳 ―― 秋の野に咲くさまざまな草の花が、色とりどりに移り変わることですね。人の心もまた、このように移ろいやすいものでありましょう。

〈明治22年〉

10月
9日

明治天皇 御製

神祇

国民《くにたみ》のうへやすかれと思ふにも
いのるは神のまもりなりけり

◉口語訳 ── 国民の身の上が安らかであるようにと思うにつけても、お祈りするのは、わが国の神々のご加護がありますようにということである。

〈明治39年〉

10月
10日

昭憲皇太后　御歌

述懐

人ごころしづけからぬやものごとに
すすみゆく世のならひなるらむ

◉口語訳――この頃は人々の心が静まらず、しっとりとした深さが感じられないようです。それも何ごとにつけて急速に変化してゆくこの世の中の、やむを得ない習いなのでしょうか。〈明治42年〉

明治天皇　御製

秋夜

秋の夜の長きを何にかこつらむ
なすべき事の多くある世《よ》に

◉口語訳 ―― 秋の夜が長く退屈だといって何の不平をいうことがあろうか。しなければならぬことが沢山あるこの世の中であるのに。

〈明治42年〉

10月12日

昭憲皇太后 御歌

酒

心してくみかはさずばささの露
みだるるふしとなりぬべきかな

◉口語訳 ―― お酒を飲むときは心して飲まないと、つい過ごしてしまい、乱れるもとになります。心すべきことです。

〈明治21年〉

10月
13日

明治天皇　御製

をりにふれたる

いたづらに時を移してことしあれば
あわただしくもたちさわぐかな

◉口語訳 ―― 平素なすべきことをせず、いたずらに時を過ごしていて、何かことが起きると、あわてて大騒ぎするものである。

〈明治42年〉

10月
14日

昭憲皇太后　御歌

里神楽

さとかぐらいまはじむらし笛のねも
こどものこゑも聞《きこ》えけるかな

◉口語訳 ―― 近くの社の里神楽がいま始まったようです。笛の音も、子供たちのさざめく声も、生き生きと聞こえてきます。〈明治31年〉

10月
15日

明治天皇 御製

鏡

榊葉《さかきば》にかけし鏡をかがみにて
人もこころをみがけとぞ思ふ

◉口語訳 —— 神前の真榊の枝にかける鏡を心の鑑《かがみ》として、己が姿をうつし、人間も神にあやかって、各自の心をみがくがよい。

〈明治37年〉

10月16日

昭憲皇太后　御歌

述懐

あやまたむことをおもへばかりそめの
ことにもものはつつしまれつつ

◉口語訳――人はいつ過ちを犯すかもしれないことを思うと、どんなささいなことにも、心つつしまれ、自然に謙虚な気持ちになります。〈明治34年〉

明治天皇　御製

秋祝

すめ神にはつほささげて国民《くにたみ》と
共《とも》に年ある秋を祝はむ

◉口語訳 ―― 皇神《すめがみ》に今年の新穀をお供えして、国民とともに五穀の稔り豊かな秋をお祝いしよう。

〈明治35年〉

10月
18日

昭憲皇太后　御歌

靖國神社にまうでて
神がきに涙たむけてをがむらし
かへるをまちし親も妻子《つまこ》も

◉口語訳——英霊となって祀られている神垣に、涙を捧げて祈っているのでしょう、無事な帰還を心待ちにしていた親も、そして妻や子らも。

〈明治39年〉

10月
19日

明治天皇　御製

菊

九重《ここのへ》のまがきのうちにさく菊も
風のまにまに世にかをるらむ

◉口語訳 —— 宮中の御垣内《みかきうち》に、かぐわしく咲き競う菊も、風の吹くまにまに、さらに広く世に、よい香りを漂わせてゆくことであろう。

〈明治32年〉

10月
20日

昭憲皇太后　御歌

菊のさかりなる頃青山のみ苑にわたらせたまひてとく参るべう宣はせければ

さきみてるみ園《その》の菊の花よりも
おほみことばの露ぞうれしき

◉口語訳――御苑に咲き満ちている菊花の美しさよりも、早く来て見なさいとお召しくださった陛下のお言葉が、一層うれしく身にしみます。

〈明治12年以前〉

10月
21日

明治天皇　御製

月

人ごころすみわたりゆく秋の夜《よ》の
月にきこゆる松風《まつかぜ》のこゑ

◉口語訳 ―― 人の心も澄みわたってゆく秋の夜の、冴《さ》えざえとした月の光の下で、颯颯《さつさつ》と聞こえてくる松風の音よ。

〈明治44年〉

10月22日

昭憲皇太后　御歌

葉山よりかへらむとしける時この日頃かぜひややかなればよき日見さだめてはいかにとおほせごとをうけたまはりてかしこさのあまりに

大君《おほきみ》のあつき恵によべよりの風のさむさも忘れつるかな

◉口語訳——天皇の温かい御いつくしみを受けて、昨夜からの風の寒さも、忘れてしまったような気がいたします。

〈明治38年〉

10月
23日

明治天皇　御製

秋夜

秋の夜《よ》のながくなるこそたのしけれ
見る巻巻《まきまき》の数をつくして

◉口語訳――秋になって夜が長くなるのは、とても楽しいものだ。見てゆく書物の巻巻の数をつくして、思わず見入ってしまう。

〈明治11年以前〉

10月
24日

昭憲皇太后 御歌

独対孤燈
くらからぬ道をたづねて窓のうちに
ひとりかかぐる夜《よ》はのともしび

◉口語訳 ―― 正しい道を求めて、夜半静かに部屋の中に燈を掲げ、心を静めて書物を読んでいます。

〈明治14年〉

10月
25日

明治天皇　御製

披書知昔

古《いにしへ》の人のまことを知るたびに
ふみはしたしくなりまさりけり

◉口語訳 ―― 古い書物を読んで、その当時の人のまごころを知るたびに、書物がますます身近な親しいものになり、まさってくることだ。〈明治35年〉

10月26日

昭憲皇太后 御歌

筆

ふでとらぬ日はまれなるをかく文字の
など人なみにおくれたるらむ

◉口語訳――筆を執って文字を書かない日はまずないものを、私が書く字はどうして人並みにとどかないのでしょうか。

〈明治34年〉

10月
27日

明治天皇　御製

菊

わが園《その》の菊の盃《さかづき》いく千代の
秋をかさねてくみかはさまし

◉口語訳――宮中の菊の宴、長寿を祈る菊の花を浮かべたこの盃を、来年も再来年も、末永く秋を重ねてくみ交わしたいものである。〈明治32年〉

10月
28日

昭憲皇太后　御歌

茸狩

生《お》ひそめてまだかさだたぬ秋の香《か》を
もとめ得《え》しこそうれしかりけれ

◉口語訳 ―― 生えたばかりで、まだかさもひらいていない茸を、探し求めて見つけたときほど、うれしいことはありませんね。

〈明治19年〉

10月
29日

明治天皇　御製

寄国祝

うけつぎてまもるもうれしちはやふる
神のさだめしうらやすの国

◉口語訳――神代から代々受け継いで、私が今も護り治めることはまことにうれしいことである。神のおさだめになったこの日本の国を。〈明治38年〉

10月
30日

昭憲皇太后　御歌

誠

身にしみてうれしきものはまこともて
人のつげたることばなりけり

◉口語訳 ―― 身にしみてうれしいことは、真実の心をこめて、私のために人が告げてくれた言葉です。

〈明治41年〉

10月
31日

明治天皇　御製

述懐

末《する》つひにならざらめやは国のため
民のためにとわがおもふこと

◉口語訳――将来かけてどんなに努めても、ついに成就しないということがあろうか。わが国のため、国民のためにと、自分が思い深めて努力していることは、必ず成就するに違いない。

〈明治38年〉

11月

霜月

November

11月
1日

明治天皇　御製

神祇

わがくには神のすゑなり神まつる
昔のてぶりわするなよゆめ

◉口語訳 ── わが国は神の後裔《こうえい》である。神を祭るという昔からの習わしを、決して疎かにしてはいけない。

〈明治43年〉

11月
2日

昭憲皇太后　御歌

外交

大君《おほきみ》のみいつあふぎて年ごとに
まゐくる国の数ぞそひゆく

◉口語訳 ―― 陛下の御徳の尊さを敬って、年を追うごとに、外交を求める国の数が増えてゆきます。

〈明治35年〉

11月
3日

明治天皇　御製

をりにふれたる

いそのかみ古きためしをたづねつつ
新しき世のこともさだめむ

◉口語訳　――　わが国の古来より伝わる先例のもつ心を探り求めながら、新しい時代のさまざまなことも定めてゆこう。

〈明治37年〉

11月4日

昭憲皇太后 御歌

文勲

しろしめすみ国のためにうれしきは
いさををある臣《おみ》の多きなりけり

◉口語訳 ―― 天皇が治めておられる国にとって何といっても喜ばしいことは、それぞれの分野で大きな功績を立てる臣下が数多くいることであります。

〈明治42年〉

11月
5日

明治天皇 御製

鹿

もみぢ葉はまだそめやらぬたかねより
しかのねおろす夜《よ》はの秋風

◉口語訳 ── もみじの葉がまだ色づかぬ山の頂きから、鹿の鳴き声を麓《ふもと》の里にまで伝えてくる、夜更けの秋風よ。

〈明治29年〉

11月
6日

昭憲皇太后　御歌

山路秋雨

風ふけば椎《しひ》の実まじりむらさめの
ふるおとさむし秋の山みち

◉口語訳 ―― 風が吹くと椎の実までも吹き混ぜて、村雨《むらさめ》の降る音が寒々と聞こえる、秋の山道です。

〈明治24年〉

11月
7日

明治天皇　御製

述懐

よこしまに思ひな入《い》りそ世の中に
すすまむ道ははかどらずとも

◉口語訳 ―― この世の中を本来よこしまなものと思い定めてしまってはいけない。たとえ自分の進もうとする道が、思い通り順調にはかどらなくても。

〈明治40年〉

11月
8日

昭憲皇太后　御歌

子

思ふことありとも見えずをさな子の
枕《まくら》はなれてねたるすがたは

◉口語訳 ―― 思い迷うようなことは、まったくありそうにも見えません。幼い子が枕をはずして、無心に寝入っているその姿は。

〈明治25年〉

11月
9日

明治天皇 御製

天

ひさかたの空はへだてもなかりけり
地《つち》なる国は境あれども

◉口語訳 —— 大空は果てしもなく広がっていて、どこまで行ってもへだてるものがない。この地上の国には、窮屈な国の境というものがあるのだが。

〈明治39年〉

11月
10日

昭憲皇太后　御歌

述懐
おほけなき君の恵のかしこさは
忘るるまなし老いにける身も

◉口語訳――おそれ多くも陛下の御いつくしみのありがたさは、片時も忘れるひまがありません。この老いた身にとっても。

〈明治43年〉

11月
11日

明治天皇 御製

をりにふれたる

なにごともうつればかはる世の中を
おもふがままになるとおもふな

◉口語訳 ―― 何事につけても、時勢が移れば自然に変わってゆくこの世の中を、おのれ独りの思うままになるなどと、勝手に考えてはならぬ。

〈明治44年〉

11月
12日

昭憲皇太后　御歌

閑中燈

しづかなるこころにもにずともしびは
たえずまたたく窓のうちかな

◉口語訳 ―― 私のこの静かな心にも添わないで、ともし火の炎は絶え間なく揺らぎまたたいている、夜の窓のうちです。

〈明治32年〉

11月
13日

明治天皇　御製

朝

世を守る神のみたまをあふぐかな
朝ぎよめせし殿にいでつつ

◉口語訳 ── わが治世を守護あそばす、祖宗《そそう》の神霊を仰ぎあがめることである。朝の掃除を終わったすがすがしい御殿に出て行きながら。〈明治41年〉

11月
14日

昭憲皇太后　御歌

東

あづまぢに大宮柱たてしより
ゆるがぬ御代《みよ》となりにけるかな

◉口語訳 ―― この東京を都とお定めになってからは、陛下のお治めになる大御代は、いっそうゆるぎないものとなったことです。

〈明治22年〉

11月
15日

明治天皇　御製

道

遠くとも人のゆくべき道ゆかば
危《あやふ》き事はあらじとぞ思ふ

◉口語訳 ―― 人生の行路を行く者は、たとえその道が遠くても、人として進むべき正しい道を歩いてゆくならば、危険なことは決してないと思う。

〈明治37年〉

11月
16日

昭憲皇太后　御歌

光陰如矢

ますらをが弓弦《ゆづる》にかけてはなつ矢の
めにもとまらずゆく月日かな

〈明治35年〉

◉口語訳 —— 健やかな男が弓を引きしぼって放つ矢のように、目にもとまらぬほどの速さで過ぎてゆくのは、月日の経過です。疎かにしてはなりません。

11月
17日

明治天皇 御製

松

さまざまの世にたちながら高砂《たかさご》の
松はうごかずさかえきぬらむ

◉口語訳 ―― 長い歳月さまざまに移り変わる世にありながら、この高砂の老松は泰然自若として、伸び栄えてきたのであろうよ。
〈明治38年〉

11月
18日

昭憲皇太后 御歌

観菊会

秋ごとにつらなる人の数そひて
うたげにぎはふ菊のはなぞの

◉口語訳 ── 毎年秋になるたびに集まる人の数も増えて、宴も賑やかとなる御苑の菊園です。〈明治19年〉

11月
19日

明治天皇　御製

をりにふれたる

国を思ふ臣《おみ》のまことは言《こと》の葉の
うへにあふれてきこえけるかな

◉口語訳 ―― 国を思う臣下たちのいつわりなく飾らない誠意というものは、おのずから言葉の上にあふれて、聞こえてくるではないか。〈明治45年〉

11月
20日

昭憲皇太后　御歌

鏡

おもふことあればありげにみゆるかな
心うつさぬ鏡なれども

◉口語訳 ── 心の中に考えごとがあると、そのままもの思わしげに表情に出て見えるものですね。鏡というものは、心の中までは映さないはずなのに。

〈明治12年以前〉

11月
21日

明治天皇　御製

をりにふれたる
ものごとに進まずとのみ思ふかな
身のおこたりはかへりみずして

◉口語訳 ― 人は自分のする物事の一つ一つがみな、思うように進展しないとばかり思ってしまうものだ。自分の身の怠りは反省しないでおいて。

〈明治43年〉

11月
22日

昭憲皇太后　御歌

社頭祈世

わが君の御代《みよ》ながかれとみしめなは
かけてぞ祈る神のひろ前

◉口語訳 ―― わが大君の御代が、いよいよ永く栄えますようにと、しめ縄を張りわたしたご神前で、ひたすら祈りをささげます。

〈明治23年〉

11月
23日

明治天皇　御製

をりにふれたる
豊年《とよとし》の新嘗祭ことなくて
つかふる今日ぞうれしかりける

◉口語訳 ―― 稔り豊かなこの年の新穀を神々にお供えする新嘗祭《にいなめさい》。一年の農事が何の障《さわ》りもなく例年どおり豊作で、今日の御祭りを迎えたことは、まことにうれしい限りである。

〈明治36年〉

11月
24日

昭憲皇太后　御歌

寄雪祝
こむとしもゆたけかるらむ新《にひ》なめの
まつりの庭にふれる白ゆき

◉口語訳 ―― 来年もきっと豊かな年になることでしょう。今年の新嘗祭をご奉仕している斎庭《ゆにわ》に、豊作のしるしの雪が白じろと美しく積もっています。

〈明治19年〉

11月
25日

明治天皇　御製

筆写人心

鏡にはうつらぬひとのまごころも
さやかに見ゆる水茎のあと

◉口語訳——鏡には映ることのない人のまごころも、くっきりと現れ出るものは、その人の書いた文字の上ににじみ出る風姿である。

〈明治44年〉

11月
26日

昭憲皇太后　御歌

をりにふれて
ふし柴《しば》のかりそめごともおもふこと
なりたる日こそうれしかりけれ

◉口語訳 ―― ほんの小さなことでも、心の中で願い続けていることが叶った日は、本当にうれしいものです。

〈明治38年〉

11月
27日

明治天皇　御製

述懐

おもひ入《い》るこころひとつによりてこそ
さかしき道もわけつくしけれ

◉口語訳 —— 成し遂げようと思いつめる心ひとつの力によってこそ、険しい道も踏みわけつくして、目標へたどり着くことができるのである。

〈明治37年〉

11月
28日

昭憲皇太后　御歌

述懐

人なみにふむとはすれど敷島の
道のひろさにまどひぬるかな

◉口語訳――人並みに勉強しようと志してはみるのですが、和歌の道というものは究めれば究めるほど広いので、なかなか思うようにならないものです。

〈明治22年〉

11月
29日

明治天皇　御製

朝

人ごころすがすがしきはほがらかに
あけたる空にむかふなりけり

◉口語訳 ―― 人の心がまことにすがすがしくなるのは、朗々として明け渡った朝空に向かう時である。

〈明治42年〉

11月
30日

昭憲皇太后　御歌

寄国祝
天《あま》つ日のてらすがごとくくまなきは
すめらみ国の光なりけり

◉口語訳――天の日が隈《くま》なく大地を照らすように、あまねく国中を照らすのは、御国を護る皇祖の恩恵に他なりません。

〈明治44年〉

12月

師走

December

12月
1日

明治天皇　御製

述懐
かたしとて思ひたゆまばなにごとも
なることあらじ人の世の中

◉口語訳 —— 難しいといって努力することを怠るならば、何事も成し遂げられることはあるまい。それが人間の世の中というものである。〈明治42年〉

12月
2日

昭憲皇太后 御歌

述懐

おぼしめすことおほからむ大御代《おほみよ》の
みまつりごとのしげくなるにも

◉口語訳 ―― 天皇はお思いになることがあれこれと多いことでしょう。お治めになっているこの国の政《まつりごと》が、ますます繁忙になるにつけても。

〈明治40年〉

12月
3日

明治天皇 御製

歳暮

おもふことなしをへぬまにあらたまの
年はくれにもなりにけるかな

◉口語訳 ―― ああしよう、こうしようと思っていたことをまだ成し終えないうちに、今年もはや年の暮れになってしまったことである。〈明治38年〉

12月4日

昭憲皇太后 御歌

歳暮

置かれたるあがたあがたも事なくて
くれゆく年のゆたかなるかな

◉口語訳 ── 全国に新しく配置されたそれぞれの県も、何事もなくて暮れてゆく年は、いかにも豊かで穏やかに感じられます。

〈明治13年〉

12月
5日

明治天皇　御製

社頭

はるかにもあふがぬ日なしわが国のしづめとたてる伊勢のかみ垣

◉口語訳 ―― こうして遥かに離れていても、社頭に立つ思いで仰がぬ日はないことだ。わが国の鎮めとしてお祭り申しあげている、伊勢の神宮の御社は。

〈明治36年〉

12月
6日

昭憲皇太后　御歌

春夏秋冬

花ちりて若葉すずしとおもふまに
もみぢみだれて木枯《こがらし》ぞふく

◉口語訳 ―― 春の花が散り果てて、夏の若葉の緑が涼しいと思っている間に、たちまち秋の紅葉が乱れ散り、木枯しの寒ざむと吹く冬になってしまいました。月日の経つのは早いものです。

〈明治32年〉

12月
7日

明治天皇　御製

行

言葉もて教ふることはやすけれど
かたきは人のおこなひにして

◉口語訳 ―― 言葉をもって人に教えるのはたやすいことであるが、それを行ないとして実行するのは、ほんとうに難しいことである。

〈明治37年〉

12月
8日

昭憲皇太后　御歌

心

むらぎもの心にとひてはぢざらば
世の人言《ひとごと》はいかにありとも

◉口語訳 ── 自分の心に問い質《ただ》して恥じることがないならば、たとえ世間の人がなんと言おうとも、少しも気にすることはありません。

〈明治21年〉

12月
9日

明治天皇　御製

寒月

冬ながらとぢぬ学《まなび》の窓の戸を
照せる月のさやかなるかな

◉口語訳 ―― 寒い冬の季節であっても、閉じることなく学問に励んでいる部屋の窓から差し込む月の光の、なんと清らかなことであろうか。

〈明治11年以前〉

12月
10日

昭憲皇太后 御歌

学者惜年
まなぶ道すすまぬうちに年ははや
くれぬとをしむ人もありけり

◉口語訳 ―― わが学問の道が思うように進まないうちに、早々と今年も暮れてしまったと、往く年をつくづく惜しむ人もあります。

〈明治21年〉

12月
11日

明治天皇　御製

歳暮

ちはやふる神をまつりてこともなく
くれゆく年をいはひけるかな

◉口語訳 ―― はげしい霊威をおもちになった神をお祭り申して、何の障りもなく静かに暮れてゆく年の幸いを、心謹んで祈ることである。〈明治35年〉

12月
12日

昭憲皇太后　御歌

述懐

さまざまのものおもひせしのちにこそ
うれしきこともある世なりけれ

◉口語訳――当面する大事な問題について、あれやこれやとさまざまに思い悩んだ後にこそ、はっと心が開けて解決の道がつき、うれしいことに出合えるのが人の世であります。
〈明治41年〉

12月
13日

明治天皇　御製

年暮

まつり事いよいよしげくなりにけり
年の終《をはり》の近づきしより

◉口語訳――私が執り行なう政治の面のまつりごとも、祖霊を祭るまつりごとについても、いよいよ事多く忙しくなってきた。年の終わりが近づいてきたので。

〈明治37年〉

12月
14日

昭憲皇太后　御歌

年暮

いたづらに年のひととせすごしきて
のこる日《ひ》数《かず》ををしみけるかな

◉口語訳――むざむざとこの一年を過ごしてきて、はっと気がついた残るわずかな日数が、しみじみと惜しいと思われることです。

〈明治19年〉

12月
15日

明治天皇 御製

光陰如矢
年月《としつき》は射る矢のごとくすぎにけり
わがおもふことはかどらぬまに

◉口語訳 ―― 年月は射た矢のように速く過ぎ去ってしまったことだ。自分の計画したことが、まだ思うようにはかどらない間に。〈明治40年〉

12月
16日

昭憲皇太后　御歌

歳暮祝

大宮のとばりのちりもうちはらひ
こむ年祝《いは》ふ年のくれかな

◉口語訳 ―― 宮殿の帳《とばり》の塵などもすっかり払って、やがて迎える新年を祝う、年の暮れです。〈明治41年〉

12月
17日

明治天皇　御製

をりにふれたる

天《あめ》をうらみ人をとがむることもあらじ
わがあやまちをおもひかへさば

◉口語訳 ―― 天を恨んだり、他人をとがめたりすることもあるまい。自分自身の過ちを、よくよく思い返して反省を深めてみれば。

〈明治42年〉

12月
18日

昭憲皇太后　御歌

歳暮

家ごとにちりを払ひて日の御旗《みはた》
たつらむ年をまつやたのしき

◉口語訳――歳末には家ごとに掃除を済ませ、やがて日の丸の旗が家門に飾られる新年を待つのは、何とも心楽しみなことです。

〈明治13年〉

12月
19日

明治天皇　御製

誠

鬼神《おにがみ》も哭《な》かするものは世の中の
人のこころのまことなりけり

◉口語訳 ―― 心はげしい鬼神をも、声をあげて泣かせるものは、この世の人の深い真実をこめた誠の心である。

〈明治42年〉

12月
20日

昭憲皇太后　御歌

無題

みがかずば玉も鏡も何かせむ
まなびの道もかくこそありけれ

＊東京女子師範学校にくだしたまへる

◉口語訳――常日ごろから怠ることなく磨かなければ、玉も鏡も本来の輝きを放ちません。学問の道を遂げようとするのも同じだと思います。

〈明治12年以前〉

明治天皇　御製

述懐

おのが身はかへりみずしてともすれば
人のうへのみいふ世なりけり

◉口語訳 ―― 自分自身のことは顧みもしないで、ともすると他人のことばかり、あれこれと悪《あ》しざまに言う世の中である。

〈明治43年〉

12月
22日

昭憲皇太后　御歌

述懐
日にそへてなにくれとなく思へども
おもふかひあることぞすくなき

◉口語訳 ―― 気がかりなことを、日を重ねるにつれてあれこれと、とりとめもなく思うけれど、その結果、思っただけの効果が実るということは少ないものです。

〈明治33年〉

12月
23日

明治天皇 御製

道

ならびゆく人にはよしやおくるとも
ただしきみちをふみなたがへそ

◉口語訳 —— 大勢の人たちと並んで進む人生で、たとえ人より遅れるようなことがあろうとも、決して正しい道を踏み外すようなことがあってはならない。

〈明治43年〉

昭憲皇太后　御歌

歳暮

しろしめす大御国内《おほみくぬち》にことなくて
くるる年こそゆたけかりけれ

◉口語訳――天皇がお治めあそばすこの日本の国内に、何事も障りになることのないまま暮れてゆく年は、本当に心豊かな思いがいたします。

〈明治17年〉

12月
25日

明治天皇　御製

神社

そのかみの姿のままにあらためぬ
神のやしろはたふとかりけり

◉口語訳 —— 簡素な上古の様式のままで、どんなに時代が移り変わろうとも、その形を守り続ける神のお社の姿は尊いものである。〈明治45年〉

12月
26日

昭憲皇太后　御歌

歳暮

暮れてゆく年をうれしくおもひしは
をさなきほどの心なりけり

◉口語訳――暮れてゆく一年をうれしく思ったのは、新しい年を胸躍らせて待つ、幼い頃のういういしい心の故であったのですね。

〈明治17年〉

12月
27日

明治天皇　御製

煤払

ちはやふる神のおましをはじめにて
今年の塵を払はせにけり

◉口語訳——霊威つよい神の鎮まっていらっしゃる宮中三殿を始めとして、この国の今年一年の塵をすっかり払わせたことだ。

〈明治37年〉

12月
28日

昭憲皇太后　御歌

山家歳暮
もちひつくおときこゆなり山里も
ゆたけき年のくれいはふらし

◉口語訳――餅つきの音がそこかしこより聞こえます。山里に住む人々もそれぞれに、豊かな年の暮れを祈っているのでしょう。

〈明治23年〉

明治天皇　御製

歳暮

まつりごといとまなきまにあらたまの
今年もくれになりにけるかな

◉口語訳 ―― 国の政治を執ることに多忙で暇すらない間に、今年もすっかり年の暮れになってしまったことだ。

〈明治44年〉

12月30日

昭憲皇太后　御歌

埋火

ことなくてくれぬる年をしづかにも
かたらひふかす埋火《うづみび》のもと

◉口語訳――変わったこともなく無事に暮れた年を、静かに語りあって大晦日の夜をふかすことです。火鉢の埋み火を囲んで。

〈明治21年〉

12月
31日

明治天皇　御製

歳暮

をしめども今年はくれぬあたらしき
初日のかげにいざやむかはむ

◉口語訳 ―― いくら惜しんでも、今年一年は暮れてしまった。さあ新しい年の初日の光に向かって、新しい歩みを踏み出そう。

〈明治17年〉

【御祭神ゆかりの祭典】

●7月30日

明治天皇祭

明治天皇の崩御の日にあたって、ご聖徳《せいとく》を敬仰《けいぎょう》追慕する祭典。「天」という御題の御製（234ページ参照）に作曲、振り付けをした「明治神宮大和舞《やまとまい》」が神職によって奉納される。明治神宮では唯一、神職によって奉仕される舞。

●4月11日

昭憲皇太后祭

昭憲皇太后の崩御の日にあたって、ご坤徳《こんとく》を敬仰《けいぎょう》追慕する祭典。「人」という御題の御歌（119ページ参照）に作曲、振り付けをした神楽舞「呉竹《くれたけ》の舞」が巫女《みこ》たちによって奉納される。

●11月3日

例祭（秋の大祭）

明治神宮で最も重要な祭儀。当日は明治天皇のご降誕《こうたん》日にあたり、宮中より勅使のご差遣がある大祭。例祭日を中心に、本殿前では舞楽や能・狂言、境内の各所では流鏑馬《やぶさめ》、古武道大会などの奉納行事、菊花展も開催される。

心覚え

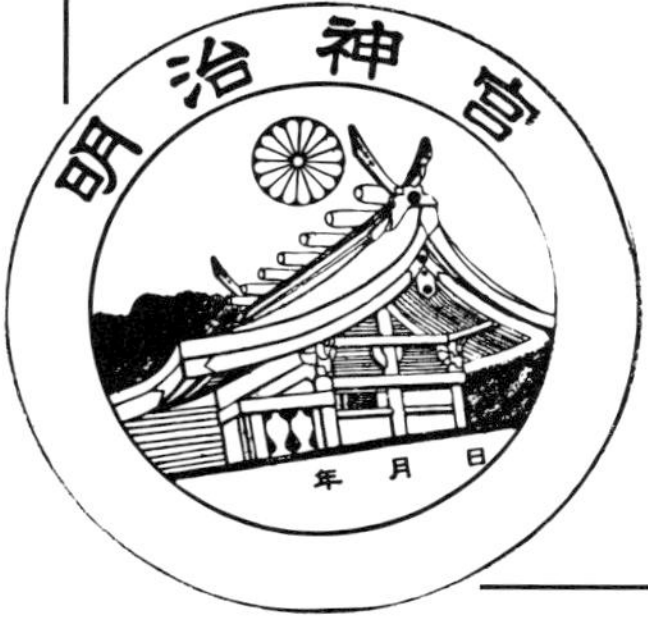

明治神宮

365日の大《おお》御《み》心《こころ》

スタッフ
ブックデザイン／川添 藍
編集／本村のり子

発行日　二〇一七年 十二月十八日　第一刷

監修　明治神宮
発行人　井上 肇
編集　堀江由美
発行所　株式会社パルコ
エンタテインメント事業部
東京都渋谷区宇田川町十五－一
〇三－三四七七－五七五五
http://www.parco-publishing.jp
印刷・製本　図書印刷株式会社

ISBN978-4-86506-235-9 C0092
Printed in Japan

落丁本・乱丁本は購入書店名を明記のうえ、
小社編集部あてにお送りください。
送料小社負担にてお取り替え致します。
〒150-0045　東京都渋谷区神泉町8-16
渋谷ファーストプレイス　パルコ出版　編集部